異世界帰りの武器屋《トラベラー》ジジイ
～元剣聖は探索者に剣を継ぐ～
1
水色の山葵
Illust おぐち

藤《とう》堂《どう》迅《じん》
武器：付喪《つくも》の短刀
元暗殺組織に所属していた
探索者《トラベラー》。
白《しろ》銀《がね》巳《み》夜《よ》
武器：七球《しちきゅう》の杖殿《じょうでん》
不治の病の母を救うため
探索者《トラベラー》となった。

「さて、あの若者は短刀の性能をどれだけ引き出せるか……」
「悪魔だな、儂は。あんな小娘に命を奪う為の武器を渡すのだから……」
久《く》我《が》道《みち》実《ざね》
武器：？？？？
元異世界の剣聖で、
地球に帰還し武器屋を開いた。

「それじゃあ僕も、見せないと失礼ってものだよね。
久々に使ってあげる、これが僕の本気だ」
虚空より顕れたのは星の剣。
銀河のような模様を持つ、その剣の名が静かに紡がれる。
「【星剣アヌリント】」
ラディア
武器：星剣《せいけん》アヌリント
異世界で道実と
パーティーを組んでいた
元勇者。

異世界帰りの武器屋ジジイ

～元剣聖は探索者《トラベラー》に剣を継ぐ～

1

水色の山葵

Illust おぐち

WEAPON SHOP OLD MAN
WHO RETURNED FROM ANOTHER WORLD

1

第一章　武器屋に嵐は訪れる

クソが。クソが。クソが。

何でだ？　なんでこうなった？

山奥。森の中。木々を伝って移動しながら、俺はただ逃げている。

追いかけてくるのは元同僚。

覆面で顔を覆った暗殺者共。

大昔から存在し、けれど秘匿されていた【異能】の存在が露見し、ダンジョンなんてものが現れた現代社会。

そんな世界で俺は、つい一昨日まで他人の依頼の下――人を殺す仕事をしていた。

異能を使った殺し屋としてそれなりの成果は出していたはずだ。

だが、任務に失敗したことで追われる身となった。

暗殺対象が十歳にも満たないガキだった。

俺は情けを掛けて、そいつを逃がした。

たったそれだけだ。

ただ、ガキ一人を殺さなかった。

それだけのミスで俺は追われている。

クソだ。クソみたいな話だ。クソみたいな連中だ。

小せぇ国で親に捨てられて、うだつが上がらない探索者《トラベラー》をやっていた。

俺の能力はダンジョンって舞台じゃ微妙なモンだった。

それでも、暗殺者としては才能と呼べる力だったらしくて、勧誘された。

食うものにも困って殺人に手を染めた。結構な数を殺した。何十人。百人に達してるかもってくれぇ。

子供も老人も殺してきた。そんな俺が何でガキ一人を見逃したのか。

多分、そのガキを捨てて親が逃げていったからだ。親の方は殺した。なのにガキはやれなかった。

善人面をしていい人生なんか送ってねぇ。そんなことは分かってるし、自分の手が真っ赤だってことも自覚してる。

けど、それなのに……見逃しちまった。

なんでそんなことをしたのか、自分じゃよく分からねぇ。

「ぐっ……！」

追ってくる暗殺者は五人。その一人が投げたナイフが肩を掠《かす》めた。

血が流れると同時に理解する。
「毒かよ……」
身体《からだ》が一気に重くなる。意識が朦朧《もうろう》としてきやがった。即効性も効き目も高い。
相手もプロだ。人数も多い。逃げ切れる気がしねぇ。
「クソ……」
当たり前に死にたくねぇ。
人殺しでもそう思うらしい。
それに、死にたくない以上に思うこともある。
俺はこれでも組織に尽くしてきたつもりだ。
なのに、その努力に対する返答がこれだ。とうに献身は恨みに変わってる。
暗殺者を使って自分の手すら汚さず人を殺してる連中がいる。
しかも実行犯《オレたち》に報いるつもりもない連中。

復讐《ふくしゅう》したい。

連中にとっては暗殺者なんて替えの利く道具で、ゴミみたいな存在なんだろう。
それでも、ムカつかない訳もねぇ。
俺を追ってんのも命令された元同僚だ。

こいつ等《ら》以上に、こいつ等に命令してる奴等《やつら》が気にくわなくてウゼェ。

自分達《たち》は殺されねぇとでも思って、見下してやがるんだろう。

だったらどうせ腐ってるモン同士だ、俺がブッ殺してやる。

それが俺が逃げてる理由。だから俺はまだ死ねねぇ。

「けど、まずはここを切り抜けねぇと……」

もう身体が限界だ。毒がとっくに全身に回ってやがる。

ほとんど回らない頭で考えていた時、進行方向、山の頂上付近に小屋が見えた。

ひとまずあそこに潜伏するか。

食料と、あれば医薬品が欲しい。

奪うしかねぇ。

そんな思考のまま、俺はその小屋の中に踏み入った。

「客か？」

大きいとは言えない山小屋の中に入ると多種多様な『武器』が並んでいる。

それは古今東西あらゆる近接武器が並んでいそうなほどバラエティに富んでいて『武器屋』と言って差し支えのない雰囲気を醸し出していた。

しかし、並ぶ武器は異質に極まる。まるで大勢の人間に監視されているような感覚がしやがる。

だがそれでも、俺がここに来た理由も、やることも、変わらない。

「客じゃねぇよ」

白髪と白い髭《ひげ》を伸ばした老人へ向けて、俺は自分の武器を抜く。逃走中の戦闘で折れた短刀。けれど、このジジイ一人殺すくらいは訳ない、はずだ。

おそらくここの家主だろう。客という言葉が出るということは、やはり武器屋に相当する場所なんだと思う。

「短剣を寄こせ。それと薬と食料、さっさと出せ！」

殺気を込めて叫ぶ。

暗殺者の殺気だ。常人ならブルってチビる程度の迫力はある。

なのに――

「良かろう。食料は持てる分なら一週間分といったところか。お前さんに合う武器は……後ろから持ってこよう」

この爺《じい》さんはあっけらかんとそう言って、小屋の奥へ歩いていく。

「ちょっと待て、俺も行く」

警戒しながら提案すると爺さんは小さく頷《うなず》いた。

「好きにするがよい」

爺さんに続いて俺も奥へ進んだ。

奥は武器を打つ為《ため》の鍛冶工房となっていた。

必要な道具や炉に加え、店頭に並んでいた以上に様々な武器が存在している。

その武器達からも不気味な視線を感じた。

しかしそんな俺には目もくれず、爺さんは一本の武器を手に取って戻ってくる。

「こいつをくれてやろう」

そう言って爺さんは俺に短刀を寄こした。

銀色の刀身に白い柄《つか》。装飾もほとんどないことから実戦用の武器だということが見て取れる。

だがそれ以上に奇妙な迫力を感じる。

まるで、それ自体が生きているような……そんなあり得ない錯覚を抱いた。

「それと治療じゃったな。毒か……」

そう言うと、爺さんは俺に手を向けて何かを唱えた。

「【不浄を癒せ《アンチポイズン》】」

呟《つぶや》かれた言葉は二言語が交ざったような音を生み、直後に爺さんの手から出た白い光が俺を包む。

回避しようかとも思ったが、害はなさそうだと判断して受け入れた。

すると、一気に身体が楽になっていく。

「異能《アーツ》か？」

「魔術じゃな」

「なんだそりゃ……？」

「寧《むし》ろそれはこちらの台詞《せりふ》だ」

「まぁいい、喋《しゃべ》ってる余裕もねぇ。礼は言っとく、助かった」

「あぁ、さっさと出ていけ。お前さんの事情に巻き込まれるのは御免だ」

爺さんはそう言いながら、俺に食料の詰まったバッグを寄こした。

「代金はそうさな、五十万ほどといったところか。少しなら待ってやる」

「強盗にその物言いとは随分図太い爺さんだ。もし生きてたら払いに来てやるよ」

「あぁ。儂《わし》の武器、大事に使ってくれ」

「できりゃそうする。助かった」

必要なものは手に入った。俺は小屋を出て逃走を再開する。

しかしあの爺さん、俺が逃げてることに気が付いてたようだ。

折れた短刀や、俺の焦り方で察したか？

常人に推測できることとは思えねぇが何者だ？

まぁいいか。あの爺さんが何者だろうともう会うこともねぇだろう。

今はただ、逃げることに集中しよう。

折れた武器を捨て、新たに手に入れた短刀を腰に差す。その瞬間だった――

『マスター、これからよろしくお願いしますね』

――その刀が、言葉を発した。

◆

「さて、あの若者は短刀の性能をどれだけ引き出せるか……」

儂は思い起こす。

青年に渡した武器の性能を。


【名を『付喪《つくも》の短刀』。

名の通り、神が付いた刀。

武器と使用者の心の繋《つな》がりが強固になっていくほどにその性能は向上し、能力が増していく。】

恐らく、あの男は人殺しだ。

一目見れば儂にはそれが分かった。

そして、それを後悔していることも分かった。だからあの武器を渡した。

自分の心を自覚する。

その為に必要なのは、共に戦う武器《あいぼう》だと儂は思ったからだ。

◆

『異世界というものは存在する。』

儂は使い慣れぬノートパソコンのメモ帳へそう入力した。

ある日突然異世界へと漂流し、帰還した時には百年近い時間が過ぎていた。
そんな誰からも忘れられた浦島太郎《わし》の、これは思い出を記すものだ。
『帰還が遅れたのには理由がある。
異世界で、儂は家族を持っていた。
妻、息子、娘、孫が四人居た。』
だが妻が死に、息子と娘が独り立ちして、儂はこの世界に戻ることを決めた。
己の世界に骨を埋《うず》めようと思ったのだ。
『帰った時にはとっくに儂は死亡扱いだった。』
国民としての記録は抹消されており、戸籍もない人生を余儀なくされた。
『ただ、儂にとってそれは問題ではなかった。
儂はこの世界でも、魔術を扱えたのだから。』
異世界で鍛えた魔術。
剣聖と呼ばれ、果てに名工と呼ばれた儂の職人としての腕。
それは現代でも容易に儂を生存させてくれるものだった。
『儂は非戦闘魔術の中で最も得意な【鍛冶魔術】を活《い》かし鍛冶師を始めた。
日本にある人里離れた山奥で、ひっそりと。
脱税とか言われたらどうしよう……』
いや、身分がないのだから税金を納めたくても納められないのだ。

儂のせいじゃない。世間が悪い。仕組みが悪い。ふう。

「やはりパソコンは慣れんな」

眉間の皺《しわ》を解《ほぐ》しながらそれを閉じる。

どうやら来客のようだ。

店頭に顔を出す。

その数瞬後、店の扉がノックされた。

「こんにちは……」

「いらっしゃい」

入ってきたのは若い女だった。

黒髪は肩に少しかかる程度の長さ。どちらかと言えば明るい雰囲気だが、姿勢などからは真面目さが窺《うかが》える。何処《どこ》にでもいそうな優等生といった風貌のその者には、一点の異質さがあった。

装いだ。

現代風なデザインであるものの、通常の着物ではなく戦闘を想定したその出《い》で立《た》ちから理解する。

この娘は探索者《トラベラー》であると。

探索者《トラベラー》。それは儂が居ない間にこの世界に発生した異空間、『ダンジョン』に赴き、さまざまな物品を回収することを生業《なりわい》とする職業を指す言葉だ。

ダンジョンには魔獣や財宝が存在し、一攫千金《いっかくせんきん》も夢ではないのだとか。

彼等のお陰で儂の武器にも多少の需要がある。まぁ、人里離れた場所にあるから来客は多くはないが。

「ほんとにあった……」

小さくそう呟き店内を物色し始めた娘を観察する。

軽装で現代的なデザインだが、確かに戦闘を想定した衣類を着ている。

それにレイピアに似た武器を携帯していた。

更に探索者《トラベラー》の証《あかし》とも言えるバッジが胸に輝く。武器屋にとって一番の得意客は彼等だ。当然、探索者《トラベラー》という手合いを目の前にするのは初めてのことではない。

律儀に迷宮外でもバッジを付ける探索者《トラベラー》は多くないが、真面目な性格なのだろう。

そしてそのバッジは探索者《トラベラー》としての力量も示す。

胸にあるのは灰色のバッジ。

それは最下級の探索者《トラベラー》。ニュービーランクを指すものだ。

「新米か？」

カウンターから出て、問いながら近寄る。

「はい、そうですけど……」

「手を見せろ」

「えっ？」

娘が答える前に儂はその手首を摑《つか》み取り、掌《てのひら》を上に向ける。

「ちょっと？」

「そのレイピア。握って一月も経《た》っておらんな」

「え……なんで……」

「分かるに決まっとる。儂は武器屋だ」

武人の手には武器が付けた時間の傷痕が浮かび上がるものだ。

どれほどの経験をしたか。

どれだけの間、経験を積んだのか。

戦闘方法や今までの人生。才能。多少は察せられる。

「戦闘など無縁の生活をしていたはずだ。それがなぜ探索者《トラベラー》になろうと思った？」

「なんでも分かるんですね……」

暗い表情を浮かべ、娘は呟くようにそう言った。

「そんなことはない。質問の答えを聞かせるが良い、お前さんの武器を選ぶ参考とする」

少し悩む素振りを見せて、しかし娘は儂を見て語り始めた。

「私の父は有名な探索者《トラベラー》でしたが、父は私をダンジョンから遠ざけました。それは多分、私に危険なことをさせたくなかったからだと思います」

「父親として当然の感情だな」

「でも、その父はダンジョンで死んで、母は精神を病み宗教に傾倒しました。でも、その教団の目的はうちの財産で、結局私と母は全てを奪われました」

「同情はせんぞ。その程度の不幸、よくある話だ」

「生まれた時からあった父の財という幸運がなくなって、ただ普通の人生になっただけです。同情して欲しいとは思いません」

不幸を言い訳にしない性格には好感が持てた。

探索者《トラベラー》になろうなどと、身の危険を顧みない選択をするほどのことはある。

「しかし、それでどうして探索者《トラベラー》になる必要がある？」

「母が不治の病に罹《かか》りました」

「癌《がん》か？」

「……分かりません。医者からは現代医学では救う手立てはないと……」

他人へ言いたくはないであろう身の上話。

しかしそれは、この娘の人生を語るうえで明かさぬ訳にはいかぬ情報だ。

だからこそ、そんなことを儂に話すほど切羽詰まっているという事実が、この娘の本気を物語っている。

「母を回復させられるのはダンジョンから得られる秘宝や異能だけです」

ダンジョンでは様々な宝が手に入る。更に挑む者に異能の力を授けるとも聞く。

その中には人智《じんち》を超越した効果をもたらす品や能力もあるのだとか。

確かにそれがあれば原因不明の不治の病であっても治療の目途《めど》が立つのかもしれない。

だから母親の為にダンジョンに赴くのだと娘は宣《のたま》う。

自分の命を投げ出し、自分の人生を擲《なげう》ってまで。

それはどう考えても正気の沙汰とは思えなかった。

「聞いていれば、お前さんに迷惑ばかりを掛けた母親だ。本当に救うに値するのか？　ダンジョンには危険な魔獣や罠《わな》なども存在するのだろう？　お前さんの方が先に死ぬぞ？」

健気《けなげ》に生きる娘を見ずに、神へ逃げ、騙《だま》され、病魔に冒され。

娘にしてみれば嫌な思いもしてきた……いや、させられてきたと思っても不思議はないはずだ。

それを、自分の命を懸けてまでも救いたいなどとそんな訳が……

「当たり前です。母親なんですから」

睨《にら》む視線に覇気が宿る。

なるほど。そうか。覚悟はあると……そういう訳か。

「母親はどれほど保《も》つ？」

「衰弱のペースからして二年保てば良い方と……」

「そうか」

儂の魔術ならば深刻な病魔であっても治療は可能かもしれない。

だが……それではちと勿体《もったい》ない……

儂は武器を造れるが担い手は造れない。

この娘は良い担い手になる可能性がある。

その好機をむざむざ潰すのは人としては善であっても、職人としては見過ごせぬ。

「良かろう。ついてこい」

「あの、その前に予算についてなんですが……あまり手持ちが、ってちょっと待って」

娘の言葉を無視して工房に入ると、娘も焦ったように儂を追ってきた。

「予算？　そんなものは関係ない。この店では、どの客にどの武器を渡すかは儂が決める」

「でも、払えないものは払えないですよ……」

「ツケで良い」

「そんなこと……！」

「静かにしろ！」

儂が上げた大声に気圧《けお》されるように娘が黙る。

「ここは工房だ」

「えっ……ご、ごめんなさい……」

「お前さんが死んでツケが回収できないのなら、それは渡す武器を間違えた儂のミスじゃ」

静かになった娘を見て、儂は職人としての考えに耽《ふけ》る。

相手は小娘。膂力《りょりょく》は少ない。

戦闘経験なし。武術の心得は全くない訳ではなさそうだが、最低限。

特別運動神経が良い訳でもない。

観察眼は並みよりはある。思考速度も多少見るところはあるだろう。

胆力は上々。死地へ赴く覚悟在り。

他者を憂う優しさを持つ。

解決は自己に見込み、依存の気質はない。

欠点は、優しさのあまり他者を頼れぬ自己完結性か。

「決まった」

儂はあらゆる武器を造る。

それは担わせる為だ。

己の『人生』と『目的』と『意思』を乗せるのが武器なれば、使用者の心が最も乗り易《やす》い武器こそが至上。

それを生み出すことこそが武器屋の本懐だ。

魔剣。妖刀。聖剣。槍《やり》。斧《おの》。槌《つち》。あらゆる武器を検討し……決めた。

この娘に似合うのは――

「これは……？」

「七球《しちきゅう》の杖殿《じょうでん》。いわゆる魔術杖《づえ》だ」

「……魔術？ってなんですか？」

「理解せんでも良い。武器の使い方を説明しよう」

「……まぁ、はい」

訝《いぶか》し気に儂を見る娘の視線を無視し、説明に入る。

【『七球の杖殿』
七つの宝玉があしらわれた木製の杖だ。
宝玉は杖の様々な場所に埋め込まれ、全七色の輝きを覗《のぞ》かせている。
その宝玉一つにつき一つの属性が込められている。】

つまり持つだけで七属性の術式を使用できる。

それがこの杖の効果だ。

しかし魔術とは誰にでも使えるという類の力ではない。

本来魔術は遺伝と才能によってのみ所有できるものだ。

後天的に得ようとする場合、神や悪魔、精霊など上位存在との取引や加護に頼る他ない。

これはそんな魔術を無理矢理使わせる品。当然ながら使用難易度は高い。

宝玉に込められた術式を理解するのは勿論《もちろん》、それを発動させるには極めて高い集中力を要する『魔力操作』の技術が必要となる。

それに、どんな術式が覚醒するかは本人の資質次第でもあり、内容によってはゴミとなる。

それがこの杖の有する力。


「以上だ」

「あの、魔力操作って何ですか？」

「杖を使っていればおのずと分かる」

「えっと、もっと真面目に……」

「儂は真面目だ。その七つの魔術の中に、お前さんの母親を治せるものもあるやもしれぬぞ？」

「本当ですか!?」

打って変わり娘は儂につめ寄ってくる。

そして、儂が持っていた杖をまじまじと見た。

「あぁ、可能性はある。持っていくか？」

「代金は……？」

「そうだな、四十万といったところか」

「必ず、払いに来ます」

「うむ。では持っていけ。あぁそれとな、魔力操作のやり方は杖に聞け。静かな部屋で杖と共に瞑《めい》想《そう》し、この杖に渦巻く魔力を感じる訓練をしろ。そうすれば自己の魔力を感知し、次第に操ることもできるようになっていくはずだ」

無論、それには才能が必要だ。

並大抵ではない努力も要する。

それでも、この娘ならできるかもしれない。

そう、儂は感じ取った。

しっかりと目を合わせその意思を伝えると、呼応するように娘も頷く。

「分かりました。貴方《あなた》を信じてみます」

「そう簡単に人を信じるものではない。儂もお前さんの事情を話半分でしか聞いとらんしな」

「でも、私がそうしたいと決めたことなので」

強固な意志だ。

異世界で出会ったある女によく似ている。

勇者などと呼ばれていた女に。

「勝手にしろ」

「白銀巳夜《しろがねみよ》です。貴方のお名前を教えていただいてもいいですか？」

「儂か？　儂は久我《くが》……久我道実《みちざね》じゃ」

「久我さん……皆から、私には探索者《トラベラー》なんて無理だって言われてて、だからこうして背中を押して貰《もら》ったのは初めてで」

「当然の反応であろう。誰だって知人には死んで欲しくないものだ。人の忠告は聞いた方が良いぞ」

「考えたんですよ、ちゃんと、ずっと。悩んで決めたんです。止めてくれた皆には悪いけど、一人で行こうって」

あぁ、お前さんのそれはきっと善性なのだろう。

だからこそ儂はこの杖をこの娘に、白銀巳夜に渡した。

七つの魔術を使い熟《こな》すことは難しい。使える数が増えていけば、自身の戦術に選択肢が増えていけば、組み合わせられるようになれば……自分の力に振り回されることになるだろう。

ただ、それを乗り熟すことができれば至上の強さが手に入る。

そして、同時に理解していくはずだ。

自分一人で戦うよりも、多くの力を合わせた方がずっと強いのだという真実に。

今は孤独でもよい。

自分の目標が他人にとっての呪いであると思い、巻き込みたくはないのならそう行動するのが良いだろう。

けれど、先を見据え、強さを願うのならば。


友柄は、きっと必要だ。


「また来い。武器の手入れくらいはタダでしてやる」

「はい、ありがとうございます」

「母親……大事にしてやれ」

「当然です。それでは」

店を出ていく娘の背中を見送り、戸が閉まったのを確認してから儂は小さく呟く。

「悪魔だな、儂は。あんな小娘に命を奪う為の武器を渡すのだから……」

それでも、武器を握ったあの娘の未来を見たくなった。

屍《しかばね》になるか。それとも英雄と呼ばれるか。

成功者だけが世間の記憶に残る。

精神が強いというだけで英雄と呼ばれる訳ではない。

遂げた成果、その結果がもたらす事実だけが英雄を英雄たらしめる。

死ぬ可能性は極めて高いだろう。

それでも可能性があるのならば、儂は誰にでも武器を売る。

それが武器屋の本懐だと信じている。

「まぁしかし……手入れのついでに、多少の心得程度は教えてやるか」

◆

巳夜が来てから半年が過ぎた。


いつものように店番をしていると、店の扉が開く。

「こんにちは、久我さん」

「また来おったのか小娘」

「小娘じゃないです。巳夜です」

「それで、今日は何の用だ？　月に一度の点検にはちと早いように思うが」

「はい！　実はこれを見せたくて来たんです」

そう言って巳夜は自分の胸に付いたバッジを指す。

初めて出会った時、巳夜は灰色のバッジを付けていた。

だが、あれから半年。彼女の胸には白金《プラチナ》に輝くバッジが付けられている。

ニュービーから始まり、ブロンズ、シルバー、ゴールド、プラチナ、ダイア、ミスリル、レジェンドという風に探索者《トラベラー》ランクは上がっていくと聞く。

プラチナともなれば中堅を越えた辺りだ。

「凄《すご》いではないか」

「全て久我さんに貰ったこの武器のお陰です」

武器の代金はとっくに貰っている。それだけ稼ぎがあるということだ。

巳夜の父親ほどではないらしいが、娘の名も世間に知れ渡るほどには活躍しているらしい。

「私、歴代最速らしいです」

誇らしげにそう語る巳夜の持つ杖、その七つの宝玉のうち三つが光を放った。

それが、今の巳夜が扱える術式の数だ。

「儂の武器のお陰ではない。お前さんがそれだけ努力したということだ」

そう言うと巳夜はニコリと微笑《ほほえ》む。

この娘を見ていると孫を思い出していかんな。

「そういえば、お前さんに聞きたいことがあったのだ」

「なんですか？」

「どうやって儂の店を見つけたのだ？　こんな人里離れた武器屋を、お前さんは武器屋と知って訪れたのだろう？」

こんな山の奥にある小屋を、普通は武器屋などとは思わない。

けれど、巳夜はたまたまこの小屋を見つけた訳ではなく、武器を求めてやってきた。

それはつまり、この場所に儂の店があると何処かから聞きつけたということだ。

「迷宮都市じゃちょっと有名なオカルト話ですよ。ここにある武器屋に行けば人生が変わるって」

「そうなのか……」

「ははは、当事者なのに知らなかったんですね……」

迷宮都市なんぞ海外には行かんからな。

しかしなるほど、それで最近はポツポツと客も来るようになったのだな。

「あ、でもそれは最近の話で……私が知ったのはたまたま会ったミスリルランクの探索者《トラベラー》の方に教えて貰ったんです」

「ミスリル？　名前は？」

「ラディアさんって方です。日本人じゃなさそうでしたけど、この杖を貰ってから探索者《トラベラー》としてのイロハも教えてくれた優しい人ですよ」

「あぁ、ラディアか。なるほどな」

あの暇人が噂《うわさ》を流しとるのなら合点がいく。

「よし、武器を出せ。手入れしてやる」

「はい。お願いします」

未《いま》だ巳夜の母親の病気は治っていないらしい。

母親を治せる品を買う金も貯《た》まってはおらず、杖の力も半分も覚醒していない。

病気を治す手段はまだないというのが現状。

それでもこの半年、成果は徐々にだが出ている。

目標に近づいていっている。

儂が手を貸す必要はなさそうだ。

「お前さん、魔力操作も随分と様になってきておるな」

「そうですか？」

初めて会った時は『魔術師』などとは口が裂けても言えぬ素人だった。

だが今の巳夜から感じられる魔力の質は、高名とは言えぬまでも魔術師と名乗れるほどのものだ。

「あぁ、間違いなくお前さんには才能がある」

半年間、挫《くじ》けることなく努力できた。

それを含めて間違いなく、この娘には才能があるだろう。

「だといいんですけど……」

実戦も着実に積んでいて実績も十分ある。

儂が想像していたよりも遥《はる》かに速い速度で成長している。

歴代最速というのも頷ける成長速度だ。

しかし、この娘が目標とする母親の治療にはタイムリミットがある。

焦るのも無理はない話だろう。

「終わったぞ」

「ありがとうございます。また来月来ますね」

「あぁ、ではな」

そう言って、巳夜は律儀に一万円札を置いていく。

手入れに代金は不要と言っておるのにな。

真面目な小娘じゃ。

◆

ある日のことだ。

その日は嵐がやってきていて、外は風の音が煩《うるさ》かった。

まぁこの家は儂の手製で嵐程度は凌《しの》げる造りになっておるが。

しかし、これでは外にも出られぬし客も来んだろう。

そう思ってパジャマに着替え、寝床に就こうとした時だった。

ドンドンドン!!


と、鍵のかかった扉が何度もノックされる。

儂の寝室と店はかなり距離があるが、店先の戸が叩かれれば儂の寝室の扉が音を出すように魔術的に細工してある。

「爺さん! 居んだろ爺さん! 頼む、こいつを治してくれ!」

店先へ急いで向かえば、そんな声が叫ばれ続けていた。

何処かで聞いたことのあるような怒声だった。

まぁ、儂は客を選ぶつもりはない。

相手がどんな客でもその客に適切な武器を渡す。それが儂の矜持《きょうじ》だ。

故に躊躇《ためら》いはなく、扉を開けた。

「誰だ、こんな夜更けに」

「まだ八時だろ……爺さん頼む……」

悲痛な表情を浮かべ、何かを守るように丸めた姿勢で、願うように儂を見上げる。

その男を見れば儂の記憶は蘇《よみがえ》る。まだまだボケてはおらんしな。

人殺し。逃走者。後悔していた青年。

「お前さんは確か……名前は聞いておらんかったな」

「名前なんてどうでもいいだろ！　こいつを助けてくれ！　俺なら何でもする！」

そう言って大事に抱えられた布の中身を儂に見せてくる。

折れた短刀。奇《く》しくも、この男と初めて会った時と似た状況だ。

あの時は折れた刃先を向けられた。

しかし今度は、悔やんでも悔やみきれないといった表情で刀を直して欲しいと懇願している。

「まぁ、半年以上も手入れしておらぬのだから保った方じゃな。待っておれ、着替えてくる」

「お……おぉ。なんか似合わねぇパジャマだな……」

何を言うか。これしか持っとらんのに。

デフォルメされた熊の顔が数十個描かれた寝巻。

まぁ、デザインというよりは儂が若い頃より随分と進歩した着心地に惚《ほ》れて買ったのだが。いや、別段デザインが気に入っとらん訳ではないが……

着替えを数分で済ませ店頭へ戻ってきた儂は青年に手を差し出す。

「短刀を預かろう」

「……頼む」

受け取りながら、儂は青年に質問した。

「それにしても、あの時は間に合わせのように武器を持っていった割に、自棄《やけ》に入れ込んだものじゃな？」

「アンタの仕込みだろうが……けど、もうそんなことはどうでもいい。こいつは俺の大切な相棒だ」

「大事にしてくれているようじゃな。武器屋冥利に尽きる」

「そいつは俺の目的に協力してくれた。俺を何度も助けてくれて、救ってくれた。勿論、アンタにも感謝してる」

「感謝など要らぬ。儂はただ、必要な人間に必要な武器を与えただけのこと」

「金、今度は払う。ツケにした分の十倍だろうが二十倍だろうが」

どうやら儂はこの青年に適した武器を与えることができたらしい。

何があったか知らぬが前より幾分か表情も柔らかく見える。

マシな面構えになった、といったところだな。

「工房に入る。破損が酷《ひど》すぎるから集中しなければならない。絶対に誰も中に入るな。覗くことも許さん。終わるまで待っておれ」

「あ、あぁ……分かった。頼む」

青年の言葉を聞き入れ、儂は工房へ入った。

これは短刀ではあるが生きている。

修復は並大抵の技ではないがしかし——儂ならできる。

この武器を、甦《よみがえ》らせることができる。

工房の中より幾つもの魔法陣が浮かび上がる様子を眺めながら、儂は壊れた短刀を金床の上に置いた。

◆

嵐が来ていた。

天気予報でそれがあのお爺さん、久我道実さんの家に直撃することを知って、ちょっとだけ心配になった。

だってあの家掘っ立て小屋だし。

台風で吹き飛ばされてもおかしくないよ。

探索者《トラベラー》としての力と知識を手に入れ、七球の杖殿の力を覚醒させ魔力操作を会得した私にとっては嵐の中の移動も容易《たやす》いものだった。

山を全速力で駆け上がり、小屋へ到着する。

武器屋には灯《あか》りがついていた。鍵も掛かっていない扉をゆっくりと開けて、中の様子を確認しながら声を掛けた。

「こんにちは久我さん。酷い嵐だったので、心配で……来て……みました……?」

「誰だお前?」

「貴方は……」

久我さんじゃない男が居た。

歳《とし》は私とそう離れていない。

会ったことはない。初めて向かい会う。

けれど見知らぬ人物ではない。

そうだ、探索者《トラベラー》に配られる『手配書』で見たことがある。

「なんで、こんな所に貴方なんかが居るんですか？　Ａ級犯罪者、大量殺人鬼。藤堂迅《とうどうじん》……」

久我さんの知り合い？

いや、相手は犯罪者だ。

そんな訳ない。

「なんだ、俺のことを知ってんのか？　手配書を見たことあるってことは、探索者《トラベラー》か警察か？　こんな夜中に何の用だよ？」

この家に部屋は多くない。

ここに居ないなら私室か工房だ。

私は藤堂を一旦無視し、工房へ進む。

「待てよ」

「邪魔なんだけど？」

相手が犯罪者だろうが関係ない。藤堂へ向け、最大限の威嚇を込めた視線を送る。

「この先は通せねぇな」

流石《さすが》は手配書に載りながら逃げおおせているような第一級の殺人犯。

私程度の殺気では痒《かゆ》さすら感じていないらしい。

けど、関係ない。私が久我さんを助けるという行動には一切。

「久我さんに何をしたの？」

「別に、何も？」

薄ら笑いで藤堂はそう言った。

限界だ。嫌悪感が頂点に達してる。

お母さんを騙した教祖を見た時以上の気持ち悪さだ。

私は探索者《トラベラー》だ。魔獣とも何度も戦ってきた。同業者と戦闘になったこともある。

私はもう、何もできない小娘じゃない。

「そういうこと……」

「あ？」

ここは人里離れた山奥だ。

犯罪者の潜伏場所としては確かに都合が良い。

押し入って、久我さんに何かして居座ってるの？

だとしたら、許せない。

「退《ど》いて」

「退けねぇな。ここだけは絶対退けねぇ」

「そう……」

杖を構え、魔力を解放する。

「それじゃあ、無理矢理にでも退ける」

怒りとか嫌悪感とか、熱を持ったネバネバでドロドロな粘液みたいな感情が、全霊で藤堂へと向いている。こんなに暗くて黒い感情を抱くのは、人生で二度目だ。

無力だった私はお母さんを助けることはできなかった。

――でも、今の私は違う。

この男を退けて、久我さんを助けることができるだけの力を得た。久我さんに貰った。

分かってる。私は勝手に、この男とお母さんを騙した教祖を重ねてる。こいつが悪人と確信できる証拠はまだ少ない。だけど、手を拱《こまね》いて後悔するのはもう沢山だ。

他者の気持ちも迷惑も何も考えない悪人に、私の嫌いな人種に、抵抗して対抗できる。

それが今は嬉《うれ》しい。心から良かったと感じる。

そう思うと、自然と口から笑みが漏れた。

「その薄ら寒い笑顔、気色悪《わり》ぃが嫌いじゃねぇよ。誰かの復讐に来た奴がよく見せる、見覚えのある面《つら》だぜ」

「どうでもいいよ。警告はしたから、死んでも文句言わないでね」

私がそう言うと、藤堂は鼻を鳴らして笑った後、私の後ろにある扉を指した。

「女、戦うのはいいが表に行こうぜ？　ここをぶっ壊すのは本意じゃねぇだろ？」

確かに、ここを壊したら久我さんに合わせる顔がない。

それに、私の魔術には『生きている久我さん』が確かに感じられている。

寧ろいつもより昂《たかぶ》っているような感じ。

こいつに命令されて、何かさせられてる？

けど、すぐにどうにかなる様子じゃない。

こいつを倒して、その後で助ければ問題なさそうだ。

「いいよ」

私は藤堂へ背中を向けて店の扉を開ける。

仮に私が背を向けたのを隙と見て彼が攻撃を仕掛けてきても、私には魔術による感知能力がある。

私に奇襲を掛けたいのかもしれないけど、それで隙を晒《さら》すのは向こうの方だ。

しかしその予想に反し、藤堂が攻撃してくることはなかった。私を追って彼も外に出る。


嵐渦巻く山頂で、私と藤堂は十数メートルの間を空けて対面する。

すると、藤堂は不思議な言葉を小さく呟いた。

「これで邪魔にはなんねぇな……」

「なに？」

「なんでもねぇよ。さっさと始めようぜ」

「……そうだね」

レインコートを脱ぎ棄《す》てて、四尺ほどはある杖を両手でしっかりと握り直す。

杖を彩る宝玉が、三つ輝く。

赤。青。緑。

火《フレガ》。水《アクシス》。風《ウイル》。

それが、今の私が扱える属性の全て。

けれど今は大雨が降り注ぐ嵐の中、炎は超近距離でもなければ使い辛《づら》い。

使える属性は実質『水』と『風』だけ。

けれど、それだけあれば十分だ。

この杖の強さは、私が一番知っている。相手が大量殺人鬼だとしても、負ける気はしない。

相手をよく見る。それが、この半年で私が学んだこと。

本当に、『彼を知り己を知れば百戦殆《あやう》からず』とはよく言ったものだと思う。

杖を使い熟す為、魔力を感じ取る修練を幾度も重ねた。

瞑想を続け、杖を知ろうと努力した。

だからだろう……情報収集に余念はなくなったし、戦闘中でも景色が広く見えている気がする。

コツは違和感を見つけ出すことだ。

まず、彼は武器を投擲用のナイフ数本しか持っていないように見える。戦闘スタイルなんて知りもしないけれど武器を持たない探索者《トラベラー》というのは珍しい。

無論、彼は探索者《トラベラー》ではなく犯罪者だ。

けれど、元探索者《トラベラー》であり迷宮由来の能力を扱えると手配書に記載があった。

選択肢はそこまで多くはない。

素手で戦うタイプか。もしくは何らかの理由でメインの武器を失ったか。久我さんに造らせている最中？

いや、私達がさっきまで居た店頭には数多《あまた》の武装が並べられていた。何らかの理由で武器を失っているのなら、そこから拝借して戦力とするのが普通。

そうしないということは前者、素手で戦うタイプの可能性が高い。

それに彼は防具もかなり軽装だ。

私とも似ているが、何処か違う。守っている部位が違う。

彼の装備は急所の防御に加えて手足を厚くする設計がされている。

それは接近戦闘中の傷を想定したもの。だったら遠距離系という訳でもない。

「考え事か？　来ねぇなら、こっちから行くぜ」

言葉を発したその瞬間。

藤堂の身体がブレる。

完全に消えた。全く見えない。

脚力とキレが尋常じゃない。

加速の異能。

やっぱり、スピードタイプのアタッカーか。

「でも、」

風属性術式——風域《ふういき》。

大気を流れる風を読み、自然ではない生物が起こす異流を把握し、敵の動きを予見する。

藤堂はその速度をもって、私の後ろに回り込んでいることが分かった。

私は身体を半回転させる。

視線の先に藤堂は居た。

けれど、その距離は私の想定より近い。

「へぇ、やるな」

私の知覚速度を彼のスピードが超えている。

水を操って迎撃……

いや、この距離なら私の操る水より彼の攻撃の方が先に届く。

この距離なら、掌底で迎撃した方が速い!

火属性術式——炎纏《えんとん》。

それは私の身体の一部に炎を付与する術式。

それは相手を燃やすだけの力じゃない。この術式の真価は『物理衝撃の強化』にある。

炎が宿る右手を藤堂へ向けて突き出す。

しかし、それをガードするように藤堂は自身の左腕を上げた。

それだけじゃない。右拳が私の顔を狙ってる。
けどこの交換は私の有利だ。
ダメージは絶対にあっちの方が上。
こっちは魔術を用いた打撃だ。
藤堂の左腕は使い物にならなくなる。
対して、藤堂の攻撃には異能も込められていない。
速度だけの単純な攻撃。重さはない。
だったら受けても多少腫れる程度。顎さえ避ければ問題ない。
なのになんで、自分の腕をそんな簡単に捨てられるの？
「くっ」
目が合った。彼の本気が伝わってくる。
真剣な眼差《まなざ》しが……私を見据える。
けど、でも！

私だって――探索者《トラベラー》なんだ――振り抜く！

頬が痛い。腫れてる。目が少しチカチカする。
男の人に思い切り殴られたのなんて生まれて初めてだ。

でも、彼の腕は奪った。ダメージは絶対向こうが上。

「動き出しで勝てっ……?.」

身体が重い。

身体の上から人影が差していた。

「悪いな。この程度の痛みで、今の俺は止まらねぇ」

私に馬乗りになった藤堂が、右拳を振り上げる。

恐怖はない。魔獣に比べれば、人間なんて……

それに杖はまだ手にある。

水属性術式——水操《みずそう》。

周囲に存在する水を操る。嵐の中でこれほど有用な力はないだろう。

けれど、直《す》ぐには動かさず待機させる。

一気に動かして物量で捕縛する。

「悪ぃが少し、寝てろ」

魔力浸透。必要量まで後3秒。

「久我さんは私の恩人。手を出したら許さない」

2。

「久我……ってのか、あのジジイ。教えてくれてありがとな」

1。

ゼ――


ドッッッッッッカァァァァアアアアアアンンン！


「なっ！」

「久我さん……！」

小屋が爆発した。

私の目は――私の魔術《風域》は、上空に人影を捉えた。

久我さんが、空中に吹き飛ばされてる。

迷いも歯止めもなく、私は咄嗟《とっさ》に杖を空へ向けた。

「水操――水網蜘蛛《みずあみぐも》！」

「クイックアーツ――アクセル！」

藤堂の足が稲妻のように発光した。

その瞬間、藤堂の身体が視界から完全に消える。

瞬きよりも速く、久我さんに追いついていた。

嘘《うそ》。さっきのでまだ全速力じゃなかったの……？

疾風迅雷のようなその速度で、放り出された久我さんに追いつき、その身体を受け止める。

そのまま、私が展開した水の網に藤堂が着地した。

二人とも無事。良かった……

というかなんであの男が久我さんを助けてるの……？

「爺さん、失敗……したのか？」

私が魔術で作り出した蜘蛛の巣状の網を滑り降りてきた藤堂は、久我さんを寝かせながらそう質問する。

その時の彼の表情は、どうしようもないような悲痛の色に染まっていた。

しかし、そんな藤堂の様子を久我さんは鼻で笑う。

「馬鹿者。儂を誰だと思っている。キッチリ直した。しかし契約は切れておる。もう一度契約し直すがよい」

言い終える前に、小屋から更に何かが出てくる。

巨大なそれは小屋の残骸を踏み潰し、にじり寄るように姿を現す。

今まで感じたことのない悪寒。これまで見てきたどんな魔獣よりも強力な存在だということが、一目で分かった。

「なに……あれ……」

巨大な黒い影のような。闇色の。生物？　魔獣？　何なの？

それは巨大で、塔のように細長い。腕のような長い二本の触手を持っている。体毛はなく、身体は闇で覆われていた。

その姿を見るだけで恐怖が湧き上がる。そんな根源的な感情を引きずり出してくるような存在を前にして、身体の震えが増していく。

「女、爺さんを頼む」

そう、藤堂に声を掛けられて、私は意識を久我さんへ向け直す。

「……白銀巳夜よ。久我さんから離れて」

「はいはい。爺……久我さん、ありがとな」

「これも仕事のうちよ、構わぬ。いいか、『器霊《きれい》』はお前さんの覚悟を問う。しっかり向き合い、想《おも》いを伝えろ」

「分かった」

小さく返事を残して、藤堂は立ち上がる。

そのまま怪物の方へ歩いていった。

私は藤堂と入れ替わるように久我さんの傍《そば》へ寄る。

「久我さん、あれ何なんですか？」

「付喪神《つくもがみ》の一種じゃよ。儂があの青年に与えた武器に宿っていた存在。まさか、あそこまで成長しているとは思わなんだがな」

「武器を与えたって……それじゃ、彼もお客さんなんですか？」

「なんぞ、不服そうな顔だな」

「犯罪者ですよ？　大量殺人鬼です」

「だが客だ。儂は客を選ぶ気はない。犯罪者にも、戦ったことのない小娘にも、武器は与える」

「ですか……」

話しているうちに、藤堂は既に怪物の近くに居た。

声も手も届く距離に。

「よぉ、随分恰好《かっこう》の良い姿になったじゃねぇか。レスタ」

その言葉は、まるであの怪物に話しかけているかのようだった。あの怪物と知った仲なのだろうか。

武器は喋ったりしないのに。

「ジ……ン……サマ……？」

「ブジ……で……ヨかっ……た……」

「あぁ、そうだ」

「お前のお陰だ。お前が俺を守ってくれたお陰で俺は生きてる」

表情は私の角度からは見えない。

でも、藤堂の声は酷く切なく感じられた。

「なぁ、憶《おぼ》えてるか？　初めて喋った時、俺が暗殺者だってことを知って。俺が組織に反抗しようと思ってるってことを聞いて。お前はこう言ったんだ……『手伝いますよ』って。正直、嬉しかったよ」

影の巨人の目の下に、まるで涙のようにも見える亀裂が走った。

「誰にも認められないと思ってた。誰からも嫌われて生きてくんだと思ってた」

私からは藤堂がどんな表情をしてそれを語っているのかは分からない。

けれどその震えた声は、何処か謝罪しているようにも聞こえた。

「…………」

「それでも良かったんだ。命なんて惜しくなかったし、怒りに任せて全部をぶっ壊してやろうと思ってた」

「…………」

「でも、お前と一緒に旅をして、組織の施設を襲撃したり、追ってくる探索者《トラベラー》や賞金稼ぎ相手に大立ち回りでバカやったりして、思ったんだ」

亀裂が広がっていく。

全身へと。

「もうちょっと、生きてぇって」

「ワタシも、ワタシもウレしかった……ヒツヨウとされたコトが。ワタシもタノしかった……ジンサマとイッショにしたタビが。だから、カナしそうに……しないで？」

「ごめん。謝りたかった。俺はお前に助けて貰ってばっかりで、弱ぇ」

「そんな……」

「でも、俺はもっと強くなる。もうお前が壊れなくてもいいくらい強くなる。だから頼む……もう一回、俺の武器に、俺の相棒になってくれねぇか？　レスタ」

広がる亀裂は留《とど》まりを知らず。

闇を割り、光を溢《あふ》れさせる。

「トウゼンです……ワタシは……ワタシは貴方の……付喪神なのですから」

巨人が割れた。

散らばった欠片《かけら》は、一つへ纏《まと》まっていく。

同時に色は白く変色し、形状は一本の短刀へと収束していく。

「見苦しいところをお見せいたしました。ジン様」

ゆっくりと、空より降ってくる白い短刀を受け取って、藤堂迅は静かに呟いた。

「おかえり、レスタ」

第二章　新星

焼け爛《ただ》れた左腕を垂れ下げ、右手には大切そうに短刀を抱え、青年は儂《わし》と巳夜《みよ》の下へ戻ってくる。

そのまま青年は儂等《ら》へと頭を下げた。

「ありがとう、爺《じい》さん。そっちもぶん殴っちまって悪かったな」

「武器屋として当然のことをしたまでよ」

「いえ、私の方こそ早とちりを。腕、ごめんなさい」

「なんだ？　俺が犯罪者で大勢人を殺したってのは間違ってねぇぞ？」

「さっきの言動を見て、そこまで浅はかではないです。世間に知られている内容とは齟齬《そご》があるんですよね？」

巳夜の言葉に青年は、暗い表情で静かに返す。

「……どうだかな」

何か事情がありそうだが、その話は落ち着いてからで良いだろう。

「話は後にせんか？　儂のような老人はもう眠い」

「確かにご高齢の方には遅い時間ですね」

「おい！　儂を老人扱いするでない」

「えぇ!?　ごめんなさい……でも、お店壊れちゃってどうしましょうか？」

「爺さん、小屋の修理費も含めて俺が出すよ。好きな額を言ってくれ」

「でも、今日休む場所が……」

「あぁ良い良い、心配するな」

確かに小屋はなくなった。

しかし、工房がなくなった訳ではない。


「――亜空門」


呟《つぶや》くと同時に目の前に次元の歪《ひずみ》が発生する。

「これって……」

「ダンジョンの入り口にそっくりだぜ」

「そうなのか？　まぁダンジョンと儂は関係ないぞ」

儂の店に並ぶ武器は腕だけでは造れない。

通常の素材だけではなく異世界の素材が使われている。

これは儂が異世界から持ち帰った様々な品を保管しておく為《ため》に使っている空間だ。

とある友人からの借り物だがな。

「爺さん、アンタ何モンだ？」

「ただの武器屋じゃよ。二人とも、この嵐だし今日は泊まってゆくが良い」

儂は宇宙のような景色を有する門の中へ入る。

「あ、久我《くが》さん」

「ちょっと待てよ。展開が速ぇぜ」

すると、二人とも儂を追って中へ入ってきた。

二人が入ったことを確認して、亜空門を解除する。

この家は異世界に居た頃に私財を投じて最高級の仕立てにした。こちらの世界でも豪邸と言ってよい屋敷だろう。

洋館のような外観を持ち、内装もその雰囲気に合うように造っている。三階建てで部屋数は二十にも及ぶほど広い。難点があるとすれば、窓の外に見える景色が宇宙模様の謎めいた空間で風情も何もないということくらいだろうか。

最もスペースを有する儂の倉庫だ。劣化や暴走を防ぐ為に様々な設備が導入されている。

その序《つい》でに取り付けた魔道具によって、機能性や住みやすさの面でも現代文明に負けておらぬ利便性がある。

電気ではなく魔力を使う設備が多いが、巳夜なら簡単に使えるはずだ。

「風呂や衣装部屋、調理室もあるから好きに使ってよいぞ。医薬品は医務室にある。どの部屋かは名札を見れば分かるだろう、頬と腕の処置を忘れんようにな。それと名札の掛かっておらん部屋は私室じゃから入らんように。客人用の寝室は二階にあるから、好きな部屋を使うがよい。という訳で、ふぁぁ……儂は寝る」

「あ、はい。おやすみなさい」

「こりゃ、すっげぇ豪邸だな……」

「うん。私の昔の家よりおっきいよ……」

儂は自分の部屋に入って直《す》ぐに布団を被《かぶ》って、寝た。


起きた。

二階にある寝室からリビングに下りる。

既に若者共は起きてきていた。

「だから！　私の杖《つえ》の方が強いって言ってるよね？」

「何言ってんだ!?　俺の短刀《レスタ》の方が強ぇよバカ」

「最大七つも使えるんだよ、魔術。三つで負けかけてたくせに」

「ハッ、俺は短刀を一振りもせずにお前に勝ったけどな」

「勝ってないよ。まだ戦ってる最中だったよ！っていうか武器の話だし！」

「こんな朝っぱらから何を言い争っておる？」

「久我さん！」

「爺さん！」

「私の武器の方が強いですよね!?」

「俺の武器の方が強ぇよなぁ!?」

うるさい。

頭に響く。

なんじゃこいつ等。

「なにそのパジャマ……可愛《かわい》い」

「まぁの。というか聞くが良い」

「言ってやってくださいよ」

「言ってやってくれよ爺さん」

「いいか? 儂の造る武器の性能に優劣などない。付喪の短刀も七球《しちきゅう》の杖殿《じょうでん》も、お前さん達《たち》の欠点を補い、より強みを活《い》かす為に選び与えたものだ」

儂は武器を造る。

しかし、その目標は、最高の武器を造ることでも最強の武器を造ることでもない。

担い手にとって『最も適した武器』を造ることだ。

それが担い手にとって最も得であると考えている。

故に、儂は幾つもの武器を造る。

どんな担い手であっても、儂の武器がその者の成長の切っ掛けとなれることを祈って。

「武器とは所詮、人を傷つける為の道具よ。故にこそ、担い手の心は常に昇華されていかなければならない。心身の成長の先にこそ、儂の武器の真価は存在する。口喧嘩《くちげんか》なんぞしとるお前さん等には、まだまだ先の話かもしれぬがな」

誰が持っても強い武器、というものも確かに存在する。

しかし、それは所詮『暴力』の為だけの道具。

そんなものを造る為に儂は武器屋をやっているのではない。

此奴等《こやつら》の才覚と若さを見て、儂の持つそんな思いを気紛《きまぐ》れに語りたくなった。

「戦いに勝つ。それ即《すなわ》ち敗者を支配するということだ。戦いとは基本的にその目的で行われる。そして、だからこそ、勝者であり支配者たる強き者は成熟した精神を持たねばならない。勝者の心は世界の在り様を決定付けてしまうのだから」

儂は思う。ただ武器を売る。その使い道は買った者の自由。

しかし、それでは二流ではないかと、昔に思った。

「嫌悪する者を倒すことが目的か？　相手を否定することが目的か？　自分を誰かに認めさせたいだけか？　自分、自身、自己、お前さん達の語っていた言葉はそればかり。本当にそれで良いのかよく考えることだ」

適した者に適した武器を売り、心の成長を導く。

それが一流の武器屋だと、今はそう考えている。

「頭は冷えたようだな。二人とも、コーヒーで良いか？」

「あぁ……」

「はい……」

それが儂の持論だ。無論、他人に強要するつもりはない。

しかし、儂は儂の考えに基づいて武器を造り売る。

誰にも文句は言わせぬ。

嫌なら買わなければ良い。

コーヒーを淹《い》れながら、果物を皿に盛り合わせてテーブルに運ぶ。

儂の朝食は大体これだ。

「あ、運ぶの手伝います」

「俺も」

「そうか？　なら頼む」

「これ、何のフルーツですか？」

「マジックベリーとフレイアバナナ、ドラゴングレープだな」

「なんだそりゃ……」

「まぁ食え。美味《うま》いぞ」

これらの品が腐らずに食せているのもこの空間の持つ力の一つであり、倉庫内の法則はある程度自由に決められる。

正直、この空間があれば武器屋としての収入など必要ない。

素材の仕入れに関してもほとんどが儂の私物。金はそう掛かっておらん。

それでも金を取るのは、こちらの世界で買える素材の代金の補塡と担い手の些細《ささい》な目標を作る為だ。

慈善事業と思われても敵《かな》わんしな。

「それでは二人とも、お前さん達の話を聞かせて貰《もら》っても構わぬか？」

「これほんと美味し。なんでも聞いてください」

「いいぜ、アンタに隠し事をする気はねぇ」

「まず青年、名は何と言う？　儂は久我道実《みちざね》だ」

「そういや名乗ってなかったな。藤堂迅《とうどうじん》だ。改めて、色々と感謝してる。ありがとな、爺さん」

儂が自分の字を近くにあったメモ帳に書いて見せると、迅もそれに倣《なら》って文字を教えてくれた。

「まずは迅、お前さんは何者なのだ？　儂は暗殺者の類ではないかと思っておるのだが」

「私もそれ気になってました。何か事情があるの？」

「事情ってほどじゃねぇよ。十三歳くらいの時、親に捨てられて探索者《トラベラー》になったんだ。でも上手《うま》くいかなくて、暗殺組織にスカウトされた。自分が飯を食う為に人を殺して、気が付いた時には百人くらい殺してた」

殺し屋。暗殺者か。

こちらの世界、この平和な時代にも居るのだな。

まぁ、当然といえば当然か。どんな世でも誰かを殺したいほど憎む者は後を絶たない。

「でも、この日本での仕事をミスっちまって追われる身になった。そんな時に爺さんの店を見つけたって訳だ」

「それで、武器を与えた後はどうしたのだ？」

「指名手配までされちまったからな。逃げながら、その組織に属する施設で暴れ回ってやった。気分爽快だったぜ、爺さんに貰ったレスタが協力してくれたお陰で難なくぶっ壊せたしな」

「まだ、それを続けるのか？」

「……いいや、もう飽きちまったよ。これからはレスタと一緒に何か俺にもできそうな仕事を探そうと思ってる」

意気消沈という風に見える。

迅は儂が渡した短刀、レスタを失いかけた。

その経験によって『自分の満足』と『相棒との生活』の天秤《てんびん》が揺れ終えたといったところだろう。

「それに、最初は俺に命令してた奴等《やつら》に損害を与えてるって気分で確かに楽しかったけど、最近はそこで働いてる奴等をぶっ飛ばしてもスッキリしねぇなって思ってたところだったんだよ」

「そうか」

少なくとも一段階上の答えに辿《たど》り着いたのだろう。

「でも、それっておかしくないですか？　そんな暗殺者の組織が探索者《トラベラー》協会や警察に君を指名手配犯として登録させたって……それじゃあまるで……」

「迅の所属していた組織は国の中枢とも繋《つな》がりがある……ということだろうな」

儂がそう言うと迅は溜息《ためいき》を一つ漏らし、巳夜は少し顔を青ざめさせた。

仕草こそ違うが、二人とも同様に『怒り』と『恐怖』の両方を抱いているように思えた。

この反応以外にも、儂は勝手にこの二人は少し似ているように思っていた。

歳《とし》が近いという以上に、互いが孤独だというところが。

二人とも、そろそろ気が付いてきた頃なのではないかと思う。

様々な魔術を使い、組み合わせて使うことで一人前となったこと。

愛刀と心を通わせたことで、自分にとって大事なものが見えてきたこと。

己を『補う存在』の有難みが分かったはずだ。

そんな二人が、儂の前に居る。

「のう、巳夜」

「なんですか？」

「今の迅の話、どう思う？」

「……縁遠い話、って訳じゃないと思いました。誰にも言ってなかったですけど、私も人を殺したことがあります」

静かに語られる話を、儂と迅は黙って聞いた。

「二ヵ月くらい前の話です。男の探索者《トラベラー》五人くらいに取り囲まれて、襲われかけたことがありました。私は自分の身を守る為に、杖を使ってその人達を殺しました。殺さない……なんて余裕は、ありませんでした」

表情が暗くなる。

思い出す様は嘆いているように見える。それは、まだ罪の意識が解け切っていない証拠だ。

「怖くて誰にも言えなかったんですけど、私に嫌疑が掛かることも事情を聞かれることもなかったんです。その人達の死は迷宮内の事故ってことで処理されて……きっとあそこで死んだのが私だったとしても、同じように処理されていただろうなって思うんです」

迅の視線が、ほんの少し鋭くなる。

「はぁ……」

同時にわしゃわしゃと頭を掻《か》いた。

儂にはそれが、迅が自身の感情を向ける先を悩んでいるように見えた。

「多分、自分とか自分の大切なものを守る為に他人を殺すって、私が思うよりずっと多くこの世界に存在していることで、だから彼を責める権利は、私にはない……です……」

震える己の身体《からだ》を抱き締めるようにしながら、巳夜は静かに語り終えた。

「お前さん、確かまだ一人でダンジョンに入っていると言っておったな？」

「そうですね。他人を私の事情に巻き込むべきじゃないと思うので」

「ならば、手伝ってやるというのはどうだ？」

「どういうこと……ですか……？」

「迅は仕事がなく、巳夜は仲間が居《お》らぬ。ならば迷宮都市へと赴き二人で仕事をしてみるのはどうかと思ってな。それならば互いの問題が解決するではないか」

笑みを作って儂がそう言うと、巳夜と迅は目玉が飛び出しそうな表情で同時に言った。

「「はぁ!?」」

◆

黒い髪と眉は金色《こんじき》へ。

野性的な顔立ちは中性的に変化した。

「俺ってかなりイケメンだよな?」

「自信過剰すぎ。確かに久我さんから貰った道具で顔は変わってるけど、笑い方が獰猛《どうもう》すぎて差し引きマイナスだから安心していいよ」

「そう言うなよ。イケメン横に連れてた方が優越感あるだろ? 藤堂迅改めジン・ウォード。十九歳、出身地不詳だ。よろしく」

「まさか、君が私より年下だったなんてね……ビックリしてるよ」

「そりゃお前が童顔なのが悪ぃんだろうが」

「ぶっ飛ばすよ。私はこれでも二十一歳の大人なんだから」

本当にビックリだ。

俺達にチームを組む提案をした後、こんな完璧な変装が可能な異能の込められた道具《ピアス》を、ぽっと出しちまうんだから。

あの爺さん、本当に何者なんだろうな……

「ってもこんなものまで貸してくれた爺さんの優しさを無下にはできねぇだろ?」

「分かってるよ。だからこうして連れてきてるの」

今、俺達が居るのは日本じゃない。

太平洋上に存在する元々は無人島だった場所であり、現在では『迷宮都市』なんて呼ばれてる場所でもある。

世界に存在するダンジョンは全部で九つ。その一つがこの島にある。

元の無人島の頃からの持ち主が領主であり、探索者《トラベラー》を雇ってダンジョンを探索させるという事業を起こした。

ダンジョンを公開し、全世界から探索者《トラベラー》志願者を集めているのだ。

旅行者やサラリーマンだとか探索者《トラベラー》じゃなくても申請さえすればダンジョンに入れる、なんて場所は世界中探してもこの島くらいのものだろう。

だからこそ、多くの探索者《トラベラー》が集まる。人が集まれば発展も加速する。

そうして造られたこの都市の主空港に、俺達は到着した。

「あぁ、それと先に謝っておくね」

「ん?」

何か疲れた様子の巳夜と共に空港を出た、その瞬間。

「お姉様!　お帰りなさいませ!」

「巳夜様!　どうか握手してください!」

「サインもお願いします！」

「アイラビュー！」

大量の人間が取り囲んできやがった。

多少距離は空いてるが、それでも熱気が伝わってくる。

「なんだこいつ等……」

「ファンだよ……」

「はぁ？」

「私のファンだって……」

「お前、芸能人か何かだったのか？」

「違うよ。ただの探索者《トラベラー》。でもこの都市じゃ、結果を出してる探索者《トラベラー》っていうのはこうやってアイドル扱いされるのが常なの……」

そういやこいつ、元々有名な探索者《トラベラー》の娘だとか言ってたな。機内で多少の自己紹介をした時に、そういう話を聞いた。

ランクもプラチナっていえば中堅を越えた辺り。

有名になりそうな要素は揃《そろ》ってるってもん……なのか？

「で？　どうすんだよこれ……」

「心を無にする。それで微笑《ほほえ》みながら手を振って、タクシーに乗るの」

そんな話をしていると、俺がたまたま一緒に出てきた奴じゃなくて、巳夜の知り合いだってことに奴等が気付き始めたらしい。

「お姉様!?　隣の男は誰ですか!?」

「もしかして……彼氏……!?」

彼氏だぁ……？

「なぁ、ここで俺が彼氏っつったらこいつ等おもろい反応してくれそうじゃね？」

「それしたら、私が君をぶん殴るけどね。アイドル扱いも嫌だけど、君が私と恋人なんて噂《うわさ》が立つのはもっと御免」

「なんか辛辣じゃね？」

「女の子的に普通の反応ですぅ」

しかしまぁ、しばらくはこいつと一緒に行動する訳だ。

これにも慣れとく必要がある。

というより、こいつ等を慣らす方が手っ取り早いか。

「ちょっと行ってくるわ」

「え、ちょっと？」

「まぁ見てろって」

毎度毎度こいつ等に付き纏《まと》われて同じ質問をされるのなんて目に見えてるしな。

先に答えといた方が良い。

「やぁ、君達。俺はジン・ウォード。彼女とは恋人関係とかじゃないよ、親戚みたいな間柄で、俺が探索者《トラベラー》になりたいって知った彼女が色々教えてくれるって言ってくれて、付き添ってくれることになったんだ。そういう恩人だから、男女の関係とかになるつもりもない。だから心配しないで。皆に変な誤解をさせちゃってごめんね」

　俺がそう言うと、ファン達の態度が多少和らいだ。

「なんだ、そういうことか……」

「まぁ、結構いい人そうだし？」

「うん、ちゃんとしてるぅ。ていうかちょっとかっこいいし」

「いや、あんなこと言って狙ってる可能性だってあるだろ……？」

　女はまあまあ好意的だな。

　男は半々。視線が厳しくなった奴も若干居る。

　まぁしかし、これで行く先々でこいつ等に質問攻めにされるってことはないだろう。

「ちょっと迅君？　何今の喋《しゃべ》り方《かた》」

　驚いたような顔で巳夜が小声で話しかけてくる。

「当然だろ？　相手を騙《だま》すってのは暗殺者の基本だぜ？」

「それにしたって変わりようが……」

「なんだ？　もしかして惚《ほ》れちまったか？」

「ばーか、行くよ」

「へいへい」

小声でそんな話をしながら、俺と巳夜はタクシーへ乗り込んだ。

「じゃあね皆。また何かあったら色々教えてくれると嬉《うれ》しいな」

「うん！　いつでもー」

「なんでも聞いてねー」

「頑張ってー期待してるよー！」

「ありがとー！」

「あんまりデレデレしないで」

肘打ち、割と痛ぇ。

この女、接近戦闘も鍛えればいけそうだ。

「さっき結果出してるとか言ってたが、お前ってどれくらい強いんだ？」

「歴代最速でプラチナランク到達。しかもソロ。ついでに見た目も良い」

「自分で言うのかよ、最後の」

「言われてるの。ていうか君がそれ言う？」

「もう一個質問していいか？」

「何？」

「この都市、俺は別のダンジョンで探索者《トラベラー》として活動してたから来んのは初めてなんだが、なんで全員日本語を喋ってんだ？」

ここは太平洋上に存在する島だ。

見た感じ色んな人種の奴が交ざってる。

あの集まってた中にも色んな奴等が居た。

黒人、白人、黄色人種、東洋人、西洋人。色々居た。

なのに、全員日本語だった。

不自然だ。

「それはこの島にあるダンジョンの効果らしいよ。私も初めて来た時は驚いたけど、この島全体に超高精度の翻訳効果が掛かってるらしいの。なんでそんな機能があるのかは完全に不明だけどね」

そう言って巳夜は窓の外を見る。

そこには、スカイツリーなんて全く及ばない高さを持つ巨大な塔が見えた。

あれがこの島のダンジョンって訳か。

「なるほど。まぁ、旅してたから幾つかの国の言葉は分かるが、一々切り替えなくていいのは楽か」

「思ったよりインテリなんだ」

「どう見たって賢い系だろ？」

「ノーコメントで」

そんな話をしているとタクシーがホテルに着いた。

「それじゃあ荷物を預けて、今日は一旦休む？」

「いや、ちょっと一人で都市を見て回りたい。それと、探索者《トラベラー》登録もしてくるわ」

「試験、どういうのか知ってるの？」

「知らねぇけど、まぁ行けるだろ」

今の俺にはレスタも居る。

大抵の奴には負けない。

それに探索者《トラベラー》の経験も一応あるしな。

試験がどうあれ合格は余裕だろ。

巳夜に背を向けたまま手を振って、俺は歩いていくことにした。

「ちょっと！　部屋の番号５０４だから！　あと絶対、最難関試験には挑んじゃだめだからね！」

「へいへい」

へぇ、この都市じゃ試験にも種類があるのか。

前に探索者《トラベラー》をやってた国じゃそんなのなかったが、そこら辺のルールもしっかりしてんだろう。

腕試しには丁度良さそうだ。

そう思いながら、俺は迷宮都市を歩き始めた。

◆

巳夜と迅を送り出した後、亜空間の中で儂は虚空へ話しかける。

「ラディア、居るのだろう。出てくるが良い」

儂がそう言うと、階段よりコツコツと音を立てて女が現れる。

濃く暗い紫色の髪と、明るく光る金色の瞳を持つ、二十代ほどに見える女だ。

儂のものと同じタイプの苺《いちご》が描かれたパジャマを着ている。

「急に客を招待してしまって悪かったな」

「いいよ。片方は僕が君の店に行かせた子だしね」

「迅という小僧も迷宮都市へ向かった。何かあった時は少し手を貸してやってくれ」

「どうして？　どうしてそこまであの二人を贔屓《ひいき》にするんだい？」

階段を欠伸《あくび》交じりに下りてきながら、底の見えぬ瞳でラディアは儂へそう問うてくる。

「【変幻自在の耳飾り】。あれは魔王城にあった七大秘宝の一つだよね。それを簡単に渡しちゃうし、もしかして自分の孫とでも重ねているのかな？」

「コーヒーでいいか？」

「いや、あの迅って子は昔の君にも少し似ているよね？　人も獣も魔も精霊も、沢山斬《き》り殺して、鬼神とまで呼ばれた侍《きみ》にさ」

「さてな」

「この空間にまで入れているのが証拠だよ」

この亜空間を創り出しているのは儂の魔術ではない。

儂はただ鍵を持っているだけだ。

この空間を創り出し存続させているのはこの女の方。

まぁ、私財を投じて屋敷を建てたのは儂だがな。

「ねぇ？　本当は同情しているんでしょ？」

儂と共に旅をし、魔王を討ち、そして永劫《えいごう》の寿命を手に入れ、暇を持て余して儂についてきた。

この女の正体。それは……儂の帰還と共に異世界より来訪した……

「『勇者』の説教は耳が痛いな」

「ははっ、説教なんかじゃないさ。でも一つ言うとしたらさ、僕にお願いなんてしないで最後まで自分で面倒を見てあげたら？」

「どういう意味じゃ？」

「支店を作ろうよ。迷宮都市に。君の武器屋のさ」

「無理じゃよ。パスポートがない」

「僕は普段迷宮都市に居るんだよ？　だから当然、この亜空間は迷宮都市とも繋がっている。分かっているクセに。それに彼だって密航できたんだから、君にできないはずがないよね？」

「……」

「コーヒーでいいかい？　僕が淹れてあげるね」

ダイニングに向かうラディアの背中を見ながら、儂は物思いに耽《ふけ》る。

迷宮都市か……

儂は世捨て人だ。帰還した後は、世間と関わらずに日々を過ごしてきた。関わる気もなかった。

けれど、ラディアの今の言葉は『尤《もっと》も』で『正しい』と、感じてしまった。

「はぁ……ラディア」

「何だい？」

「分かった。お主の言う通り、迷宮都市にも店を構えてみるとしよう」

「うん！　君ならそう言ってくれると思っていたよ」

コーヒーの入ったマグカップを受け取り、二人並んでそれに口を付ける。

「甘いな……」

「甘い方が好きなんだよ、僕は」

儂に贔屓していると言うが、ラディアとて巳夜を相当に贔屓している。

何せ、儂の店を教えるほどだ。

それほどまでに此奴《こやつ》が期待する何かが、あの娘にあるということなのだろう。

お互い、本当に、甘くなったものだ。


ミルクと砂糖で黒さを失ったそれを飲みほしながら、儂は見たこともない『ダンジョン』という代物へ思いを馳《は》せた。

◆

この都市を見て、俺は改めて思い知らされた。

——迷宮都市ってのは、名ばかりじゃねぇらしい。

通りを歩く人間の多くが探索者《トラベラー》だ。

流石《さすが》に現代で騎士や武士みたいな装備の奴は殆《ほとん》ど居ないが、それは迷宮用の装備が現代風のデザインになってるってだけの話で、歩き方や所作を見れば武人であることを隠しきれてない奴は多い。

勿論《もちろん》大半はそうじゃないが、他国に比べて圧倒的に荒事に慣れた人間の数が多いのは確かだ。

なのに、治安がそこまで悪くない。

多分、統治がしっかりしてんだろう。

明確なルールが存在し、それを遂行できるだけの武力を領主が持ってるってことだ。

やはり、大まかな雰囲気は日本が近い気がする。

けど、ダンジョンがあるからか活気があって、住む人々の目にも生気を感じる。

戦時中は自殺率が下がると聞くが、この都市だって産業の関係で死人を多く出す場所だろうから、その理屈に則《のっと》って民衆の結束が増して団結の熱が宿っているのかもしれねぇな。

露店とかもそこら中にあって、売ってる品物がダンジョンに関連するものばっかりだ。

「迷宮ソフトクリーム、一個二百ＤＰだよ」

なんて声が聞こえてくるしな。

迷宮ソフトってなんだと思って見てみると、迷宮の塔みたいな形のコーンが使われてるってだけだった。

観光スポットとしての人気もあるんだろう。

使用通貨は【ＤＰ】。まんま、『ダンジョンポイント』の略だ。

国家運営の電子通貨で独自端末での決済が可能。

普通の円やドルは使えないっぽい。

端末は俺も空港で買ったから持ってる。

迷宮都市は凶悪犯罪者でもなければ探索者《トラベラー》やその志願者を歓迎してると聞いたことがある。

だから俺も端末を身分証もなしで購入できた。まぁ迷宮都市での身分証は発行させられたが。

この島、これだけ賑《にぎ》わってるのに十年前まで存在しなかった独立国家ってんだからすげぇ話だ。

「おじさん、迷宮ソフト二つ頂戴」

「あいよ、お姉さん美人だから一個分の代金でいいぜ？」

「えぇ本当に？　ありがとっ！」

「あぁ、また俺の店見かけたら寄ってくれよな」

あれバイトじゃなくて店主なのか。

起業やら開業やらも簡単にできそうだなこの国。

公園のベンチに座りながらこの都市について考えていると、俺に声をかける人物が居た。

「一つ食べる？」

目の前でソフトクリームを買ってた女だ。

「何だよアンタ、逆ナンかなんか？　悪ぃけどそういうのは間に合ってんだ」

「そう言わずにさ、僕だったら探索者《トラベラー》協会まで案内できるよ？」

「おいテメェ……なんで知ってんだ？」

警戒と威圧を乗せて、そう言葉を返す。

「だって君、強そうなのに初めて見たから新しく来た人なんだろうなって。新米なら試験を受けなきゃいけないし、もし君が他の国で活動していた探索者《トラベラー》だとしても活動する国の協会には行かなきゃいけないから」

「強《つえ》ぇ奴は皆覚えてんのか？」

「君くらい強そうだったらね」

特徴的な濃い紫の髪に、不気味な輝きを放つ金色の瞳。

そんな見た目の女は、薄気味悪く俺に微笑んだ。

その様子を見て溜息が漏れる。

「はぁ」

仮に、この女が何かの目的を持って俺に接触してきたとする。

しかし、既に対面している以上、何もせずに踵《きびす》を返すのは様々なデメリットを孕《はら》む選択だ。

「ねぇ、アイス溶けそうなんだけど」

「悪ぃが甘いモンはそんなに好きじゃねぇんだ」

「えー、僕太るじゃん」

そう言いながら、両手に持ったアイスを交互に食べ始める女を見ると、なんだか毒気が抜けてきた。

「分あったよ。案内してもらう」

「いいよー、それじゃあ行こっか」

その女の後を追うように、俺も協会へ歩き始めた。

「アンタ、名前は?」

「ラディアだよ、君は?」

「ジン・ウォード」

「ジン君ね。よろしく。あ、そうだ、試験について説明してあげようか?」

「試験って他の国の探索者《トラベラー》も受けるのか?」

「いや、協会の試験に既に合格しているなら、協会がある何処《どこ》の国でも探索者《トラベラー》として活動可能だよ」

「新米か移籍目的の探索者《トラベラー》の二択だったはずなのに、今は新米一択みたいな言い方をするんだな」

俺が新米だと思ってねぇなら、試験の話を出すのは不自然だ。

つうか、直感的にこいつクソ怪しい。

「……ただの勘だよ。君若いし。新しい人なのかなって」

「そうかい。まぁ、当たってるがよ」

俺はガキの頃探索者《トラベラー》だった。

しかしそれは『藤堂迅』の話だ。

この姿の俺に探索者《トラベラー》としての経歴はねぇ。

もう一度、初めからやり直すつもりだ。

しかし、こいつがそれを知ってるはずがない。

強そうだから探索者《トラベラー》志望。

若いから新人。

一見真面《まとも》そうな答えにも思えるが『強そうだから既に探索者《トラベラー》かも』とも言えるし、若いのに探索者《トラベラー》と比べて強く見えるのは、普通疑念を抱くポイントだ。

「試験の話を続けてもいいかい?」

「そうだったな」

「この島での試験には種類があるんだ。比較的クリアは簡単だけど、ニュービーランクからスタートする『仮試験』。試験の成績によってブロンズかシルバーからスタートすることができる『通常試験』。そして、クリアすれば無条件でゴールドランクからスタートできる『最難関試験』。君はどれを受けるつもりかな?」

巳夜も言ってた、試験の難易度って奴か。

最難関試験は受けるなとか言ってたっけ。

けど、クリアすればゴールドランクからスタートってのは面倒がなくていい。

巳夜はプラチナランクだから、ゴールドから始めれば一つしか違わない。

探索を一緒にするなら追いつくべきだろうし、手間は少ないに越したことはねぇ。

「最難関だな」

「お、一応言っておくけどクリア者は制度ができてから今まで一人も出ていないよ?」

「俄然《がぜん》、やる気になる情報をありがとよ」

「へぇ、君はそういうタイプなんだ」

そんな他愛《たわい》もない話を続けながら歩く。

歩いていくほど、塔が近くなるほど、都心へ近づくほど、その賑わいが増していく。

「塔はこの島の中心にあって、探索者《トラベラー》協会の施設もそのすぐ傍《そば》にある。だから、企業や商人がその付近に集まるのは自然な流れだったんだよ」

街の様子を楽し気に見渡しながら、ラディアはそう言った。

「なるほど、アンタは結構この島のことに詳しそうだな。いつから居るんだ?」

「僕は……」

少し言葉に詰まってから、ラディアは俺と視線を合わせずに答えた。

「結構昔から居るよ」

「へぇ……」

「まぁ、街自体ができたのは最近だけど」

「元々無人島って話だったよな。今じゃ見る影もないくらいの都会風景だが」

「ダンジョンっていう産業の頂点に位置する施設があって、それにはシンボルや観光地なんかとしても大きな意味合いがあるからね。一般公開されたら賑わうのは必然だったんだよ」

そりゃ世界中の国がダンジョンを巡った戦争を始めて、今も継続している地域も存在するほどだ。

ダンジョンってものが現代社会においてそれだけの価値を持ってるってのは明白か。

「この島も大変な時期はあったけれど、今となってはキッチリと統治されたそれなりに良い国だよ」

「見てれば分かるさ」

俺が育った場所に比べれば、超が付くレベルで活気があって街が整っている。

まぁ、裏がどうなってるのかは今は分からねぇけど。

「さ、そろそろ到着だ。ここが探索者《トラベラー》協会リバベル支部だよ」

そう言ってラディアが指したのは、周囲と比較して一際大きな建物だった。

探索者《トラベラー》協会を示す、円と山羊《やぎ》の角が描かれたエンブレムがデカデカと飾られている。

「それじゃあ最難関試験を受ける君が行く場所、地下に案内するよ」

「勝手に行っていいのかよ?」

俺の問いに、一層不気味な笑みでラディアは答える。

「当たり前だよ。だって、試験官は僕なんだから。君の実力、凄《すご》く興味があるよ。『藤堂迅』君?」

「テメェ……」

「付いてきてくれるよね?」

周囲には大勢の探索者《トラベラー》がいる。

協会なんだから当然だ。

ここで武器を抜けば、俺は百パーセント捕まる。

逃げるのも得策じゃねぇ。こいつは放置できない。

最善は地下へ向かい、こいつを拷問して殺すこと。

俺の正体を知ってる奴を全員殺して、それからこのピアスの力でもう一度別人に化ければ消息は絶てる。


けど……そうだな……


「はぁ……通報しなくていいのか？」

「意外だ。君は僕を殺そうとすると思っていたよ」

「人殺しは、もう飽きたんだ」

考えてみれば、楽しいことなんざ一つもねぇ。

それはただ、他人が不幸になる様を見せつけられる行為でしかねぇんだから。

「……心配しなくていいよ。知っているのは僕だけだし、誰に言う気もない。ただ、君の実力を僕が試してみたいだけなんだ」

「発破をかけたって訳か。俺が受ける試験を変えないように」

「そう。でも必要なかったかね。君は僕が試験官って分かってても僕の試験を受けてくれそうだ」

そんな会話をしながら、俺とラディアはエレベーターに乗る。

ラディアがパネルを幾つか押すと、下へ降りていった。

パネルには地下行きのボタンなんてなかったが、隠し通路って訳か。

「この下はこの試験の為だけに造られた特殊な部屋だ。君のような他の志願者とは比べ物にならない能力を持った人に、能力を示して貰う為の場所」

エレベーターが停《と》まり、扉が開く。

その場所はブロック状の白い壁で覆われた立方体の部屋だった。

「ダンジョンから得られた特殊な素材で造られたこの部屋は並大抵の衝撃で壊れはしない。だから思い切り——暴れていいよ」

「試験ってのは、お前をぶっ飛ばせばいいのか？」

そう問いかけると、ラディアは街を歩いていた時とは全く違う、殺気を有した雰囲気を作り出す。

「それは……」

その美声を静かに響かせながら、ラディアは奥へ歩いていく。俺もそれを追った。

ラディアは部屋の中央で止まり、振り返って、俺に手を向ける。


「——多分、無理だ」


「【アクセル】！」

その瞬間、頭が真っ白になって、俺はラディアと逆方向の壁際まで全力で跳躍していた。

汗が滲《にじ》む。喉が渇く。

まるで首を絞められているかのような圧迫感。

なんだこれ……

まさか俺が……ビビってんのか……？

「何を、しやがった……!?」

「何が？　ただ僕は手を向けて、殺意を込めただけだよ」

向けられた手を見ているだけで、鼓動が加速するのを感じる。

勝てないと、殺されると……

諦めようと、逃げようと……そんな弱腰を自覚する。

それほどまでの圧倒的な差が、俺とこいつにあるってのか？

「それじゃあ、君への試験内容を説明するね」

「……言えよ」

「良い目だ。十分以内に僕に触れられれば君は合格。僕は動かないし攻撃もしないから、ただ歩いてきたらいい」

白かった壁が、ラディアの周りだけ黒く染まったような錯覚に陥る。

より一層、圧力が増した。

「見せてよ。絶対に勝てない相手を前にした時、君は一体どうするんだい？」

長く深く。

「ふぅぅぅぅ……」

呼吸を終えて。

俺は短刀《レスタ》を構えた。

そうすれば、レスタの声が頭に流れ込んでくる。

『ジン様、あれはただの殺気ではありません』

「あぁ、分かってる。異能でも何でもねぇ殺意だけで、俺が気圧《けお》される訳がねぇ」

『魔力による圧力。私の使う力と恐らくは同種のものかと』

「なるほどな。まぁお前を造ったあの爺さんが使えるんだろうし、他に使える奴が居ても不思議はねぇ。問題は、あれをどうにかする方法だ」

心を蝕《むしば》み、体を硬直させる。

そんな技は初めてじゃない。

しかし、今までのどれよりも純粋な強さと圧力を感じさせる。

あれが、小手先じゃねぇってのは、分かる。

『私の魔力でジン様の全身を覆います。そうすれば、魔力を防ぐ結界となるでしょう』

「あぁ、頼むぜレスタ」

レスタは俺の力を何倍にも強化できる。

レスタに備わる性能は、一言で表すなら『強化』だ。

この女が使う力と同じ、俺の中の魔力を制御し、体に循環させることで運動能力を向上させる。

速度しか取り柄がなく、ある一定以上の装甲を持つ存在に対して無力だった俺は、レスタの力によって飛躍的に強くなった。

『魔力装甲』

唱えられた言葉と同時に、俺に掛かっていた圧力が和らぐのを感じる。

「これなら行ける！」

足に力を込め、グッと一歩を踏み出す。

ラディアに近づくほど圧力は増すが、レスタと一緒なら乗り越えられねぇ訳がねぇ。

「身体強化か。でも君が上げた防御力の分だけ、僕も攻撃性を強めれば済む話だよ」

「っく……！」

更に強く、魔力の奔流が俺を圧す。

化け物女が……

あれでまだ本気じゃなかったのかよ。

『ジン様……申し訳ありません。私の最大出力でも……』

「お前は悪くねぇよ。なぁ、アンタってランクは何処なんだよ？」

「僕はミスリルランクだよ」

これでミスリル。

これでも、最高ランクじゃねぇのか。

正直、自分の力量を見誤ってたな。

俺もまだまだ井の中の蛙《かわず》だったって訳だ。

けど、だからって、これは実戦ですらねぇただの試験だ。

そんなんでコケる訳にいくかよ。

「レスタ」

『はい』

「身体強化を全部足に回してくれ」

『しかし、それでは他の場所の耐性が……』

「いい、やってくれ」

恐怖はある。前に進むのは怖くてたまらねぇ。

でも、それでも前に進まなきゃなんねぇ時はある。

これは多分、そういう状況を疑似的に想定させる試験。

『……分かりました。ご武運を』

身体強化が足へ集中する。

それはつまり、他の部位への防御がなくなることを意味する。

脳内に『不』が充満していく。

「あぁ」

人を殺すと、殺した善人の最期の顔を思い出すようになる。

夢に見始めて、ふとした時に恨み言が聞こえてくるようになる。

それは、打ち勝つことを許さない俺の罪。

それに比べりゃ、ただ目の前に化け物が居るくらい。

「生温ぃんだよ。クイックアーツ【アクセル】！」

「ふぅん……普通の人間ならとっくに気絶しているはずだけど……」

余裕の笑みを浮かべたラディアへ向かって、進む。ゆっくりと。けれど確実に。

進めば進むほど、不快感と恐怖が嵐となってブチ当たる。

けど、進める！

「そっか、身体強化で足の震えを止めているんだね。頭の強化まで外して……錯乱してもおかしくないはずなんだけど……でも、これ以上威力上げたら死んじゃうし、そうだな……」

眩暈《めまい》も頭痛も腹痛も発汗も、体調不良全部乗せだ。

酩酊《めいてい》しているような感覚の中で、ラディアの笑顔がまた不気味さを帯びるのが見えた。

「やっぱり、人を沢山殺すとこういうのに耐えられるようになるの？」

進む。俺と奴の間はもう十歩もない。

もう少しだ。

「酷《ひど》いよね。人から命令されて、何も悪くない人達を沢山殺したんでしょ？　お金の為とか、ご飯の為とか。そんな小さな理由でいっぱい殺して、罪悪感とかないの？」

分かってる。

こいつは俺を揺さぶってるだけだ。

精神を弱らせて、魔力の影響を受け易《やす》くさせようとしてる。

分かってる。

でも。口は勝手に動いた。

「そうだ。俺は善人なんかじゃねぇし、一生そうはなれねぇ」

「じゃあなんで、前に歩くの？　これ以上誰にも迷惑を掛けないように、逃げながら、何処かでひっそり生きていけばいいのに」

「だから歩いてんだよ、前に。このままじゃ、俺に武器をくれて救ってくれた爺さんに、俺に期待してくれるレスタに、面目が立たねぇから……！」

進む。もう、手を伸ばせば試験官に届く距離だ。

「だから悪ぃが、ルール変更だ。テメェの身体を触るだけじゃ満足いかねぇ……ぶっ倒す！」

俺に出せる最大の殺気を短刀に乗せ、異様に白いその首を狙う。

「そう」

小さく言葉を吐きながら、ラディアは後ろに跳んで刃を回避した。

「それじゃあ僕も、見せないと失礼ってものだよね。久々に使ってあげる、これが僕の本気だ」

虚空より顕《あらわ》れたのは星の剣。

銀河のような模様を持つ、その剣の名が静かに紡がれる。

「【星剣アヌリント】」

今までの比ではない魔力の奔流が、俺の身体に激突する。

吹き飛ばされそうになる意識を気合で保ち、その一挙手一投足を観察する。

『申し訳ございませんジン様。お申し付けを破り、一時身体全体を保護しています』

「あぁ、助かった。多分、お前が居なかったら……俺は今にも死んでる」

「君の短刀。彼の逸品だろう？　その彼が鍛冶師を志した理由こそがこの剣だ。どのような技術、どれほどの腕を持とうが、武器の差こそが勝敗を別《わか》つ。これはその事実を彼に認めさせた剣《つるぎ》」

「ハハッ……ふざけろよ……」

剣が振り上げられる。

両の手に支えられ、その解放を今か今かと待ちわびている。

あの一閃《いっせん》に抵抗の余地はない。回避も防御も……多分無意味だろう。

それを察したことよりも、乾いた笑みが出たことよりも………

何よりも、レスタを持つ腕を下げちまったことが、悔しくてたまらない。

「歴然《ぜつぼう》を知りなさい、それだけが人が歩みを進める原動力だから」

——銀河を宿す剣は振り下ろされる。

「クソが」

後方の壁を抉《えぐ》り抜く巨大な斬痕《ざんこん》を眺めながら、俺は気を失った。

◆

「でもこの子、実際凄いよ。気を失う寸前まで笑っていたんだから」

亜空間にある屋敷の一室で寝ている迅を、ラディアは優しそうな目で見ていた。

「多分、この子が今までの人生で経験した最大の絶望を、僕の力が更新できていなかったんだ。その絶望から解放された体験があるから、この子は差を知ってもまだ僕から目を背けなかった」

「そうか……」

尽くした存在に見限られ、復讐《ふくしゅう》を願って。

しかして、友の喪失と復活が迅を『不』より引き上げた。

きっとその経験こそが此奴の精神を強くしたのだろう。

いや、武器を与えた身として、そう思いたいだけなのかもしれぬがな。

「全く、だから最難関は受けないでって言ったのに」

扉を開けて部屋に入ってきた巳夜が、ぼやきながら迅の額のタオルを取り換える。

気絶した迅をラディアが連れてきおったから、儂が巳夜をホテルから呼んできた。

ラディアの魔力に当てられ、かなり衰弱して発熱までしておったからな。

「まぁまぁ、実力知りたさに彼を焚《た》きつけたのは僕なんだし、あんまり怒らないであげてよ」

「ということは、代わりに儂がお主に怒るのが筋かのう？」

「ちょっと！　君は直ぐそうやって僕を揶揄《からか》う！」

「いいえ、ラディアさんもこれは流石にやりすぎだと思いますよ？」

「え、巳夜ちゃんまで……いやほらでも、この子は合格だよ？　僕に攻撃を回避させたんだから」

「んー、私が最速だったのに迅君に更新されるのも癪《しゃく》なんですよね……」

「もー、それじゃあどうしろって言うのさ！」

その叫び声が切っ掛けになったらしい。

思ったよりも早かったな。

「じゃあまた、俺と戦ってくれよ？」

身体を起こした迅が、真っ直ぐラディアに視線を送りながらそう言った。

「へぇ」

「ほう」

「迅君、起きてたんだね」

「あぁ、ついさっきな」

「僕に勝てるつもり？」

「いや今は無理だ。だからもっと強くなった時に再戦してくれ」

「はは、勿論いいよ」

両者笑みを浮かべ、武人として約束が交わされた。

この空気、懐かしいものがある。

「ってか、なんで爺さんが居るんだよ？　ここ迷宮都市だろ？」

「あぁ、儂もこの都市に武器屋を開くことにしたのだ。手入れの為にわざわざ山奥の店に来る手間も省けて良いだろう？」

「そうだったのか……でも、元の店はいいのか？」

「亜空間で繋がっとるから店自体は同一よ。ただ出入り口が一つ増えただけのこと」

「意味分かんねぇけどなるほどな。そんじゃ改めて世話になる。この女をぶっ倒す為にも力を貸してくれ」

「うむ、そういうことならば儂も喜んで協力しようではないか」

「なんかいつの間にか僕が魔王みたいな立場になっているよぉ」

さてと、儂も迷宮都市で武器屋を開く準備でも始めるとするか。

客が増えるなら必要な武器も増えるだろう。

最近はあまり造っておらぬし、閃《ひらめ》いた案もある。

色々と武器を造ってみるとするか。

「そんじゃあな爺さん。世話になりっぱなしだし、俺にできることがあったらなんでも言ってくれ」

「私も、久我さんの頼みなら喜んで引き受けますから！」

そう言って、二人は自分達の宿へと戻っていった。


亜空間にある屋敷には、儂とラディアだけが残る。

「それで、ラディアよ。そろそろ聞かせて貰っても良いのではないか?」

「何をかな?」

「お主ほどの者が迷宮都市で何をやっている? 本当にただの暇潰しとは、儂にはどうにも思えぬのだがな」

儂の問いに、ラディアは張り付けたような不敵な笑みで応えた。


「僕はさ、次の勇者を探しているんだよ」


「巳夜がそうだと?」

「……そうなればいいな、とは思っているよ。まぁでも誰でもいいんだ。要するに、世界を救える力を持っているかどうか、なんだから」

「勇者など必要か? こちらの世界はあちらよりずっと平和ではないか」

「それはどうだろうね……?」

ラディアが扉の取手に手を掛ける。

「まだ話は終わっとらんぞ」

「悪いけど、これ以上君に話すことはないよ」

そう言ってラディアは逃げるように自室へ戻っていく。

その背を見つめることしか儂にはできず、その場にはただ不穏さだけが残された。

「隠居、したはずなんじゃがなぁ……。一応、儂の武器も手入れをしておくか……」

◆

自分の武器に触れるのはどれほど振りだろうか。

異世界より帰ってからは、いやあの世界でも老いた後はずっと使っていなかった。

儂の有する武器の中で唯一、儂が打っていない武器。

故にその刀に名はなく、無名の愛刀は今や蔵に身を埋《うず》める骨董品《こっとうひん》と成り下がっていた。

しかし、それに触れていると必然のように脳裏にあの世界の光景が思い出される。


異世界へ渡ったのは確か二十歳になって直ぐのことだったと思う。

兵士として、その矜持《きょうじ》を全うした時……儂は死ぬはずだった。

いや違うな。あれは矜持などではない。そのような言い訳に見せかけた、強迫観念だ。

今にして思い出せば、常軌を逸した精神状態だった。

海中で敵の船への突進と共に爆散したはずの儂は、目が覚めると全く知らない法則が渦巻く見知らぬ世界へとやってきていた。

けれど、世界を転じてもおかしくなった頭は健在で、脳は恐怖一色に染まっていた。

怖かった。ただ怖かった。死ぬのが。殺されるのが。怖かった。

自衛の為。生存の為。野盗紛《まが》いのことをした。

荷車を襲い、抵抗されればそれを斬り殺し、食料や物資を奪って生活を続けた。

言葉も通じず、文化も法則も法律も全く異なるその場所で、儂にできることは軍で最低限鍛えられた武道と剣術で誰かを襲い、奪うことだけだった。

世界を渡った後の儂は、ただ安全と強さを求め続けた。魔術の存在を知り、敵の剣士から異世界の戦い方を実戦で学び、肥しとして自分の技とした。

そうして『鬼人』などと呼ばれ始めた頃、『勇者』と呼ばれていた少女が儂の前に現れた。

不思議なことに、その勇者の言葉は儂にも理解することができた。

それが念話と呼ばれる高等術式であることなど露知らず、儂は初めて知った言葉を使った女へと言った。


『助けてくれ』


形振《なりふ》り構《かま》っていられなかった。プライドなど、矜持など、既に絶望でへしゃげていた。

女は微笑んで儂に手を差し伸べた。

女は儂を糾弾しなかった。それどころか儂に言葉を教え、生活を支え、旅の従者とした。

女が勇者であるということを儂が知ったのも、魔王などという悪の化身を打倒する責務を背負っていることを知ったのも、その後だった。

女はどれだけ貴族や王族に儂のような野蛮人を仲間にすることを反対されても儂を庇《かば》い続けた。

理由は未《いま》だ定かではない。しかし、その行動に儂は感謝の念を抱き協力したいと思うようになった。


世界のことも、魔王の被害も、異世界人たる儂にとってはどうでもよいことだ。

けれどラディアと出会って取り戻されつつあった自尊心と武士道が、恩は返すべきだと宣《のたま》った。

その旅の中で、勇者の力を何度も見た。星剣の力を何度も見た。

相対する者に絶対に勝てないと悟らせる力、この上のない、抵抗の余地のない、そんな武力を何度も目の当たりにした。

旅の途中、勇者はその真意を儂に教えてくれた。

『僕が魔王を倒したいのはね、全ての争いを抑止する為だよ』

その意味が儂には分からず、勇者に幾つも質問をしてやっと理解が及んだ。

要するにその女は『武力で争うことが馬鹿らしく思えるほどの圧倒的な力を世界に見せつけ、暴力以外の競争を発展させ、主流としたい』と、そう言っていたのだ。

確かに魔王は打倒した。

勇者はその絶大な力を世界に認められ、魔王打倒の後は幾つもの戦争の平和的解決に尽力した。

けれど暴力がなくなったかと問われれば、それは『否』と言う他ない。

何せ、儂が所帯を持った後でラディアと会ったのはたった数回だけだった。それだけ忙《せわ》しなく勇者の力は振るわれていたのだから、暴力がなくなったなどとは口が裂けても言えはしないだろう。

何よりも、もしもラディアの願ったものが実現し望む世が完成したのならば、儂になど付いてこなかったのではないかと、そう思う……


ラディアが言った『抑止力』とは、つまりはその『星剣』のことだった。

その武器に内包された圧倒的な破壊力こそが、世界中の戦争を単身で威圧する力をラディアに与えた。


――そして、それこそが儂が武器屋となった理由だった。


誰かを傷つける力を極めることで世が変わると宣った勇者の言を儂は信じた。

同時に、ラディアにそのような枷《かせ》を嵌《は》める星の剣を心の底から嫌悪する。

あれはただの小娘を『勇者』などと呼ばせた『最悪の武器』だ。

故に儂は、それを超えるものを生み出す為に武器を打つ。

担い手の精神を損なうことなく、本当の英雄へ導くことができるような、そんな武器を。

「元より儂は、勇者のことなど認めてはいない。お主《おぬし》を倒し、超えて、勇者などという戯言《たわごと》を斬り捨てる為ならば……儂自身がもう一度、剣を手に取ろう」

全てはお主に「勇者など辞めてしまえ」と言う為に。

——カン、キン、コン。

鍛冶場に心地の好《よ》い音が響く。

——カン、キン、コン。

響く度、魔法陣のような幾何学模様が空中へと浮かび上がり、直ぐにそれは霧が晴れるように消えていく。

「実を言うとな、ずっと前から儂はお前さんの名前を考えていたのだ」

儂の武器は全て、固有の『名』を有している。

武器の力や形を示す『七球の杖殿』や『付喪《つくも》の短刀』といった分類名とはまた違う名。

迅の呼ぶ『レスタ』というのも呼称でしかない。他に『真名』と呼ぶべき名が存在する。

二人がその名を知らぬのは、まだその名を教えられない程度にしかあの二人は武器から認められていないということだ。

そして当然、その名付けは製作者たる儂がする。

「共に異世界を駆け、共に死闘を繰り広げ、共に星剣の絶望を知った儂の愛刀よ。お前の名はな……『■■』……と言うのだ」

◆

「何だよ爺さん、その腰の」

「これか？」

店頭に立つ儂の腰には今、一本の刀が携えられている。

「一応、迷宮都市というからには荒くれ者も居《お》りそうだしな。護身用じゃよ」

「へぇ、中々サマになってるな」

「確かに、本物の侍みたいです」

おだてる二人の言葉を気恥ずかしく感じながら、手入れを終えた品を返す。

「受け取るがよい。手入れは万全じゃ」

「あぁ、いつも助かってる」

「ありがとうございます！」

素直な感謝を受け取って、儂は話題を少し気になっていたことへ変える。

「それで、ダンジョンはどうだったのだ？」

今日は初めて二人でのダンジョン探索を行ったらしい。

だからまだ手入れをしてそれほど時間が経《た》っていないにもかかわらず、一応武器の点検をしに来たという訳だ。

「あぁ、それなんですけど……」

「あぁ……ちょっとな……」

儂の問いに、二人とも何処か後ろめたそうな顔をした。

「どうやら、あまり上手くいっておらんようだな……」

意外だ。この二人の相性はかなり良いと思っていたのだがな。

巳夜の有する三つの魔術はバランスが良い。

感知能力に優れる『風域』。

攻守共に様々な応用が可能な『水操』。

そして近接戦闘でも活躍が見込める『炎纏《えんとん》』。

ただ器用な反面、刹那的な突破力に欠けるのが巳夜の弱点だった。

逆に迅の場合は強引な突破が持ち味だった。

自前の速度と武器の身体強化による突進。

それは確かに強力だが、一芸しかないというのは対応能力という面で弱点となる。

そんな二人だからこそ組めば最良。

そう思って彼等に提案したのだが、儂の目も曇ったかの。

「いえ、その、凄く上手くいってます……」

「不本意この上ねぇが、俺一人で戦うより間違いなく強ぇ……」

「思ったより迅君の速度があって、動きも良くて……」

「思ってたより、巳夜がなんでもできて……」

スゥー、と二人が同時に息を吸う。気まずそうに互いに顔をそむけた。

上手くいっとるのになぜ不満気なんじゃ此奴等。

「まぁ、良い戦いをしておることはお前さん等の武器の具合を見ても分かる。この調子で精進するが良い」

まだまだ儂の武器には進化の段階が存在する。

二人が居るのはまだその入り口。

真に強さが欲しいのならば、この先も修練は必須じゃろう。

「しかしこれで、巳夜の目的には大きく近づくのではないか？」

「目的？　お前、なんか特別な理由があって探索者《トラベラー》やってんのかよ？」

「久我さん……」

「おっとすまぬな、言っておらんかったのか」

迅が、儂と巳夜を交互に見る。

しかし、迅はいつもと変わらぬ飄々《ひょうひょう》とした表情で言った。

「まぁいいや。言いたくなったら言えよ」

「一緒に仕事をするなら言わないといけないのは分かってるんだけど……」

「俺だってお前と組んでるのは自分の都合だ。お前の事情がなんであれ、お前のお陰で今助かってるのは事実。だから気にすんな」

「中々、大人なことが言えるのだな」

「別にガキって訳じゃねぇしな」

「ごめん、ちょっと待って欲しい。近いうちにちゃんと話すから」

「あぁ、分かった」

どうやら、多少は互いを認め始めているようだ。

「ならば一つ、頼みをしても良いかの？」

「あぁ、勿論いいぜ」

「なんでも言ってください」

「儂も新たな武器を造りたいと思っていてな、その為に新たな武器の素材が欲しい。その依頼を二人に出したいのだが、できれば探索に同行したいと思っている」

「護衛依頼……ですか……」

「うむ、そうなるな」

ラディアのコネで開業手続きは滞りなく行えた。

これで、少なくとも迷宮都市で脱税者扱いされることはないだろう。

そして企業からは協会を通して探索者《トラベラー》に依頼を出すことができる。

それを利用して、適切なランクの探索者《トラベラー》の護衛をつければ探索者《トラベラー》ではない人間でもダンジョンに入ることができるのだ。

ダンジョンには儂の知らない素材が存在する可能性が高い。

儂の愛刀を打ち直せたことで、燃え尽き気味のやる気も再燃し始めた。

少し昔に戻ってみたい気持ちもある。

それに、迷宮都市で商売をするなら儂の武器が相手取るのは当然ダンジョンだ。その情報、敵の能力や姿も知らずに武器を造るのはあまりに荒唐無稽。

敵を知る。その方が良い武器が造れるというのは当然の理屈だ。

「どうかの？」

「俺はいいぜ」

「はい。私も大丈夫です！」

「決まりじゃな」

第三章　ジジイinダンジョン

ダンジョンと呼ばれるものがこの世界に出現し始めたのは、今から十数年前のこととなる。

それは突如発見され、その発見数は年々増している。

現在確認されているのは全部で九つ。

その中の一つ。迷宮№3『塔の多重迷宮【リバベル】』。

それが、この都市に存在するダンジョンに与えられた名称だ。

「それでは久我《くが》さん、準備は良いですか？」

「うむ、必要なものは全て持った」

後ろに背負ったリュックに触れながらそう言うと、迅《じん》も儂《わし》を追うように言う。

「俺も問題ないぜ、リーダー」

「それじゃあ、行きますか」

塔の下部に存在する入り口に面した場所に建てられたダンジョン用の関所を通り抜け、儂等《ら》三人は塔の内部へ入る。

儂がダンジョンでの護衛を依頼してから凡《およ》そ三週間。

二人の探索も順調らしく、儂を加えても問題なく護衛と探索ができると二人ともが判断できたようだ。

そしてそれは彼等の思い上がりではないだろう。

二人の武器の手入れをしていれば分かる。

今の彼等の戦闘に危なげはない。

「心配すんな爺《じい》さん。もし腰とか痛めても俺が担いで運んでやるよ」

「絶対雑に運ぶから駄目だよ。ご心配なく、私が水操で運びますから」

「あまり年寄り扱いするでない。これでも多少は戦いの心得もある。ダンジョンなど若い頃を思い出すくらいじゃ……」

「アンタの若い頃にダンジョンないだろ……」

「確かに……」

「なんじゃ、信じとらんな？　本当なんじゃぞ！」

「分かった分かったって。早く行こうぜ」

「む……釈然とせぬ……」

そんな話をしながら儂等は塔に入る。

この塔自体はダンジョンではない。

その入り口を飾っているだけの建造物だ。

内部には1F《フロア》ごとに一つ、異空間への入り口が存在する。

実際にはそこに入ることで、やっとダンジョン内に入れるという訳だ。

「第一階層が森林。第二階層が山岳。第三階層が海岸。第四階層が砂漠。第五階層が雪原。それ以降の階層は、この五つの階層である条件を満たさないと入ることはできません。私と迅君は条件を満たしてますが、当然久我さんはまだなのでこの五階層の中から階層を選択して向かうことになります」

「第二階層の山岳でいいんだよな？」

「うむ、鉱石系の素材が多いと聞いたのでな」

儂の武器製作技能は、金属武器に限らず数多《あまた》の武器を製作することができる。

木工や裁縫技術を用いた製作も可能だ。

しかし、儂が最も得意な生産術式はやはり『鍛冶』である。

ということでやはり、金属が多く採れるという山岳階層に興味が湧いた。

塔内の階段を上がり、二階へと移動する。

塔の中は階ごとに部屋が一つあり、中央に異空間へ繋《つな》がる黒い穴《ゲート》が存在するというシンプルな造りだ。

それが上にずっと続いているらしい。

一階と全く同じ構造。しかし窓から見える高さだけが違う二階。

そこより、儂等はゲートの中へ踏み入る。

瞬間、青い空が一気に広がった。

亜空門と似たような創造空間への侵入。

その感覚が確かにあり、暗転した視界の中、目を開き直す。

確かに儂等が入った場所は山岳地帯と言える場所だった。周囲は幾つかの山に囲まれている。その間に深い谷や川のような地形も見えた。

儂等が居《お》るのは山の中腹辺りか。

目の前には異質な雰囲気を発する青いクリスタルが浮遊していた。

「これはなんじゃ?」

「『結界石』です。転移直後の魔獣の襲撃を防ぐ目的で置かれてるんですよ」

そう言いながら、巳夜《みよ》が結界石と呼んだ石へ近づいていく。

そのままそれに触れると、巳夜の体内にあった魔力の一部が石へと移動した。

「魔道具なのか……?」

「アーティファクトだろ?」

「まぁ、どっちも正解です。魔力で稼働する道具ではありますけど、魔力っていう概念を普通の探索者《トラベラー》は基本的に認識してませんからアーティファクトって呼ばれてるんです」

アーティファクト。

儂の造る武器のように、使用者の魔力を扱うことで効果を発揮する道具ということか。ほぼ魔道具と同じものと考えて間違いなさそうだな。

「なるほど」

「迷宮由来のエネルギーと爺さんの武器に使われてるエネルギーは基本同じって訳か。そういやレスタもアーツと自分の力は根本的には同種とか言ってたような気がする」

「アーツとな？」

「あぁ、迷宮で得られる異能のことだ。種類は色々あるが、これを駆使して戦うのが探索者《トラベラー》の基本だな」

「む、儂にはよく分からん話だな……」

結界石に魔力を与え終わった巳夜が戻ってくる。

儂の見立てでは、残りの効果時間が十時間ほどだったのが二十四時間ほどまで延びたようだ。

「お前、毎回結界石に魔力渡してっけど、それボランティアだよな？」

「いいでしょ別に。効果時間が切れそうな時に周りに誰も居なかったら危ないじゃん。だから毎回魔力を最大までチャージするようにしてるの」

それを聞いて迅は笑みを浮かべる。

それは皮肉っぽい笑みではなく、誇るような笑みだった。

「そういうとこ、嫌いじゃねぇぜ」

「うるさいな。早く行きますよ、二人とも」

「照れんなよ」

「照れてないから」

そう言い合いながら歩いていく二人の背中を儂は追う。

雰囲気は思っていたほど悪くない。

ソリが合っていないのではと少し心配もあったのだが、どうやら杞憂《きゆう》だったらしい。

「気を付けろよ爺さん。結界石の効果範囲は半径三十メートル。それを出ればいつ魔獣に遭遇してもおかしく……」

「来たよ！」

巳夜が杖《つえ》を構えながら叫ぶ。風域で敵を察知したようだ。

それに呼応するように迅も短刀を取り出す。

さて、お手並み拝見といくか。

「岩鉄甲亀《ロックタートル》だね」

現れたのは巨大な亀のような姿をした魔獣。

全長は三メートルを優に超え、甲羅は隆起したような石で覆われている。

そんな魔獣が山上から転がってきて、儂らの前で止まる。

防御力はかなり高そうに見えるが……

「俺に任せろ。手ぇ出す必要はねぇから、巳夜は周囲を警戒してろよ」

「じゃあ先譲ってあげる」

「ハッ、言ってろよ」

ゆらゆらとした足取りで、迅が亀に近づいていく。
暗殺者が使う歩法だ。しかも練度がかなり高い。
少年時代より暗殺を生業《なりわい》としていたというその言葉に嘘《うそ》がないと示すように。
いつ飛び出すか相手に摑《つか》ませない不規則な動きの中より、一瞬で、加速する——
「クイックアーツ——アクセル」
呟《つぶや》くような言葉と共に、迅の足に翡翠《ひすい》色《いろ》の雷が纏《まと》わりつく。
消えたと見紛《みまが》うその加速の先は、亀の上空。
しかし、そこからどうするつもりだ？
あの硬度に刃は立たぬ。
かといって落下の衝撃だけで破壊できるとも思えぬ。
そう思っていた矢先、迅の拳に大量の魔力が集約されるのが見えた。
通常、魔力は一般人には見えない。
だが、迅の拳が纏う魔力は光となって可視化されるほどの高密度だ。
「魔力集中。体内魔力を一点に集約し、破壊力を劇的に向上させる術だな」
短刀、レスタの能力。
それは使用者の魔力の代行操作。
迅は魔力操作を殆《ほとん》ど行えない。
しかしレスタが魔力の運用を代行することで、魔力による身体強化を自在に行える。

しかも、迅の意識を一切割くことなくだ。

魔力を集中するのは繊細なタイミングが要求される高等技術。

既にそれを簡単に熟《こな》せるほど、レスタと迅が心を通わせているということか。

「末恐ろしいな……」

「どうかしましたか？」

巳夜が振り返ってそう聞いてくる後ろで、迅の拳が亀の甲羅の上から叩《たた》き込まれる。

巻き上がる風塵《ふうじん》と共に、亀の背が『く』の字に折れた。

巳夜も一見呑気《のんき》に見えるが、風域は絶やすことなく展開され続けている。

魔力操作の精度向上と集中力鍛錬の賜物《たまもの》だ。

儂が、彼等と同じことができるようになったのは幾つの頃だっただろうか。

少なくとも三十は越えていたはずだ。

それを一年足らずでものにしてしまうとは……

紛うことなき才能と、積み重ねた努力によって成し遂げた偉業だな。

ラディアが期待する理由が嫌でも分かる。想像以上だ。

「いや、護衛が頼もしいと感心しておっただけじゃよ」

「えー、私まだ何にもしてないですよ？」

「そうじゃの。お前さんの力も楽しみにしとるよ」

「はい！　見ててくださいね」

そんな会話をしていると迅が戻ってくる。

「ほい、ドロップ品」

そう言いながら迅が儂に何かを投げ渡してくる。

キャッチするとそれは拳大の鉄塊だった。

「ドロップ品？　さっきの亀はどうしたんじゃ？」

「ダンジョンの魔獣は絶命すると肉体が消滅するんです」

「けど全部消滅する訳じゃなくて、一部が残るんだ」

「ロックタートルは鉄鉱石を主食としていて、蓄えた鉄は重要器官の局所防御に使われます。今回はその部分が残留……つまりドロップしたってことですね」

確かに、迅が甲羅を割った先程の魔獣の死体は、既に何処《どこ》からも消失していた。

「っていうか、いきなり投げたら危ないでしょ」

「ちゃんとキャッチできたんだからいいだろうがよ」

「もし頭とかにぶつかったらどうするの。ちゃんと手渡しして。子供じゃないんだから」

「母ちゃんかテメェ。説教くせぇと将来ガキに嫌われるぞ」

こんな口喧嘩《くちげんか》の最中も彼等に油断はない。

ここが危険域《ダンジョン》だということを忘れてはいない。

心身共に落ち着き、警戒しているのが見て分かった。

「言い合っとらんで先に進まぬか？」

しかし、ダンジョンとはこれほど不可思議なものなのか。

環境は異次元で、出てくる魔獣も未知であり、手に入れたこの鉄に関しても本来自然から採取されるものよりも純度が高く加工に適している。

やはり、このダンジョンには儂の知らぬ素材が眠っていても不思議はない。

迅から受け取った素材を鞄《かばん》に入れ、儂は歩き出す。

予想はしていたことだが、この空間では亜空門は使えないようだ。

やはりラディアの造る亜空間と同じように、ここは誰かが造った別世界ということなのだろう。

その支配者が認めぬ限り、空間的に外と干渉することはできないという訳だ。

しかし、さっきの鉄塊が三キログラムほど。

これなら数十個あっても問題はない。

鉄を買う料金が浮くと考えるだけでも来た甲斐《かい》はあるというものじゃ。

「ちょっと待てって爺さん」

「そうですよ。一応ダンジョンなんですから、私と迅君の真ん中を歩いてください」

「なら言い争っとらんで早く来るが良い。今魔獣に襲われたら儂死ぬぞ？」

そう言うと、二人とも仕方ないといった様子で儂の方へ駆け寄ってきた。

途中見つけた洞窟で武器の作製に使えそうな金属……鉄、銅、銀、錫《すず》など価値の高いものを採取しながら頂上へ進んでいく。

金も少量だが採取できた。そのうち価格崩壊が起きそうで怖いが、まぁ儂には関係のない話だ。

鉱山としても有力なこの山岳地帯だが、どうしてか頂上付近に貴重な金属が多く密集しているという特性を持っているらしい。

その中には、ダンジョンからしか入手できないような特別な石や金属も存在するのだとか。

そこを目指しながら、儂等は進んでいく。

「爺さんって爺さんのくせに体力あるんだな」

「まだまだ若い者には負けられんよ。お前さん達《たち》の方が疲れてきたのではないか？」

「へっ、言ってろっての」

迅が余裕の表情でそう返してくる。

しかし、巳夜の方は自身の魔術に集中しているようで返答はなかった。

「あまり気を張り詰めすぎる必要はない。行きだけで疲れては本末転倒じゃ」

「ご心配なく。まだまだ余裕はありますから」

平然と、平静を装うように巳夜は汗を拭った。

確かにそうなのだろう。このペースなら風域の魔術を使い続けても帰りまで保《も》つはずだ。

しかしどれだけの使い手でも、緊急時には精神が乱れ集中力が散漫になってしまうもの。

さらに戦闘時の消費魔力の増加を考えれば、あまり気を張り詰めすぎるのは良くない。

「儂は儂の武器を使い熟し活躍してくれていることを嬉《うれ》しく思っておる。これだけの時間でそれだけ武器の力を引き出せている時点で、その実力は疑いようがない」

「えっと……急ですね……」

「お前さん達の力を信用しているという話だ。もっと肩の力を抜き、いつも通りにやれば失敗することなどないだろうと。だから、普段通りでよい」

少し困ったように頬を掻《か》いて、巳夜は諦めたように頷《うなず》いた。

「なんていうか、本当の祖父みたいです……」

「一応これでも子供も孫も居《お》る身なのでな」

「そうだったんですね。いつかその方々にも会ってみたいです」

「まぁ……機会があれば、だな」

そう言った瞬間、儂の直感が敵を知覚した。

同時に、巳夜と迅が戦闘態勢に入る。

「グェエ……！」

と、鳴き声を上げながら現れたのは飛行する魔獣。

羽先に緑の模様を持つ、鷹《たか》を数倍の体軀《たいく》にしたようなその魔獣が、儂等に向かってかぎ爪を振り上げる。

「水操……」

巳夜の持参していた水筒の蓋がいつの間にか開いている。そこから溢《あふ》れた水が、意思を持ったように浮遊して動き始める。

「【小雨針《こさめばり》】」

唱えられると同時に水で形成された数十本の針が、一斉に魔獣へと襲い掛かった。

「風纏う鷹《エアリアルホーク》だね」

そう魔獣の名が呼ばれた頃には、羽や身体《からだ》に何本もの水の針が突き立てられていた。

それは既に飛翔《ひしょう》能力を失っており、大地に身体を擦《こす》っている。

「いつも通り行くぜ」

そこへ迅が追い打ちをかけるべく飛び出していく。

エアリアルホークと呼称されるそれも、羽を失いながらも残った戦意を嘴《くちばし》に込めて迅を迎撃する。

嘴による突き。しかしそれは軽やかな跳躍によっていなされ……

「武器に魔力を浸透させることによる斬撃《ざんげき》の強化か……」

着地と同時に、輝きを発する短刀によって頸動脈《けいどうみゃく》が切断された。

噴出する血を避けるように、迅は後ろ向きに儂等の方へ跳んで帰ってくる。

やはり、危うさは一切ない。

巳夜が多少緊張しておるとしても、その程度ならこの階層《ばしょ》では問題とはならないのだろう。だから迅は何も言わなかったということか。

「危なげなしといったところじゃな」

「まぁ、所詮ここは初級階層だからな」

「普段私と迅君は十から二十階層で活動してるので、この辺りの魔獣に負けることはないです。安心してください。でも、助言ありがとうございました」

そう言った巳夜の纏う空気は少し温和なものになっていた。

それを見た迅は小さく、ほっと息を吐《つ》く。

「うむ、頼りにしておるよ」

「はい！」

儂の期待に巳夜は笑みを作って言葉を返す。


それにしても、ここは何なのだ？

弱い順に並んだ敵。侵略者を阻むにはデメリットしかない階層への直接転送。人為的に設置された結界をわざわざ放置する理由。ここの管理者はどういう意図でここを設計したのだ？


そのまま順調に登山は進み、高度は上がっていく。

ふと後ろを振り向くと、儂の瞳は超常にすぎる地形を映し出した。

それは何とも言い難く、あまりにも幻想的な光景であった。

「はは、これは……この光景は……最早《もはや》笑う他ないな……」

ある所では雪が降り、ある所では砂塵《さじん》が巻き上がり、ある所は森林に覆われ。そんな集中するはずのない自然環境を集結させた島は、奇麗な翡翠色の海に囲まれている。

「ダンジョンに人が惹《ひ》き付けられる理由の一端を知れた気分だな」

「厳密には第一から第五階層までは同じ空間に繋がっていて、五つの門は別の地点に繋がってるだ

けなんです」

にもかかわらずこの異次元の大地は、迷宮都市が存在する島よりも更に広大な面積を有しているということか。

ラディアでもこれほど広大な亜空間を保有することは不可能だろう。

この世界の支配者は一体どうやってこの空間を維持しているのか。

儂には予想を立てる程度が関の山だな。

ここに入った時から儂の魔力が極微量にだが吸い取られている。

魔力とは体内に保管されたエネルギー。

それは消費されても、循環する血液がいずれ入れ替わるように自然と回復していく。

そんな魔力をこのダンジョンは侵入者の自然回復を上回らない程度に吸い取っている。

それをエネルギー源として、この空間は形成されているのだろう。

しかし理屈の一端を理解して尚《なお》、この世界は儂の知る知識や技術では不可能だと断言できるほど高度な術式によって形成されたものだ。

「爺さん、巳夜、そろそろ山頂に着くぞ」

「やっと着いたね、山登りはしばらくいいなぁ」

「巳夜はもう少し体力を付けた方が良さそうだな」

「ていうかなんで久我さんの方が元気そうなんですか？」

「そりゃあ、儂は元々山奥に住んどったしな。それに巳夜が警戒してくれておったから登山だけに集中できた」

「なんか褒められてるか微妙な感じです」

「褒めとるさ」

儂がそう言うと巳夜は「むう」と視線を下げる。

「……早く行きましょう。頂上は採掘ポイントとしても人気なんです」

「うむ、そうだな」

頂上から眼下を見れば更なる絶景が広がっていた。

巳夜の言った通り人気スポットなのだろう。頂上には他の探索者《トラベラー》の姿も見えた。

彼等は皆同じような白い制服を纏っている。

「あれ、白地騎士団《ホワイトナイツ》ですね」

「確かにそうだ、迷宮都市の守護者がこんな所で何やってんだ……？」

その名は儂でも聞いたことがあった。

確か、迷宮都市の治安を維持している警察のような組織だ。

数多の探索者《トラベラー》が集まるこの都市の治安がこれほど良いのは、彼等が献身的に平和を守っているからなのだとか。

「じゃあ、間違いなく味方ってことだね」

「いや、何か様子が変だぜ」

「あぁ、武器を構えておる。それも、互いに向けてな」

場の様子を窺《うかが》っていると、片側の探索者《トラベラー》の声だけが聞こえてくる。

「くそ、絶対に傷つけるな！」

「分かってるけど、この人数差じゃ……！」

「何か元に戻す方法は……」

「副団長、早く……」

悲痛な表情で叫ぶ一方からは、もう片方の陣営を気遣っている様子が窺えた。

しかし、その声は空《むな》しく響くだけで相手には届いていない。

相対する騎士達は呻《うめ》き声《ごえ》を上げながら斬りかかっていくのみ。およそ理性を感じない。

両陣営には人数差がある。真面《まとも》に見える者達が四人。対して傀儡《かいらい》のような陣営は九人。

正気の失われた九人の方を元に戻せることを期待して耐えているようだが……人数差は歴然な上、相手を気遣っての戦いとなれば耐えるのがやっとの様子だ。

「なんじゃあれは……」

「分かりません。私の知識では、この階層であんな症状が出ることはないはずなんです……」

巳夜は非常に慎重な性格だ。

普段からダンジョンに関する入念な下調べを行っておる。

ならば、巳夜が分からないというこの状況は……

「どう見ても異常事態だぜ」

「どうするのだ？」

「助けましょう」

一瞬たりとも悩む素振りなく、巳夜はそんな言葉を口に出す。

最初からこの娘はそうだった。その善性は見知らぬ他者にすら有効らしい。

「つっても、どうやって？　殺していいなら俺一人で十分だが……」

「駄目。全員気絶させる。水操で全員一斉に拘束するから、迅君は一人ずつ気絶させて」

巳夜の持つ善意に照らされるように、迅も頷く。

「面倒だが……それでいいぜ」

「久我さん、良いですか？　正直、私達が関与する理由はありません。でも、私は……」

「あぁ、問題ない。何も分からず、あのような事態に突然遭遇するよりずっとマシじゃ」

ここで見過ごしたとしても、この階層に居る限りあの者達が襲われている何かに儂等も襲われる可能性がある。ならば、少しでも情報を集めることこそが最善。

「ありがとうございます。水操…………」

巳夜が願うように杖を掲げると、取り付けられた青い宝玉が光を強める。

同時に巳夜は自分の水筒の中身をぶちまけた。

二本、三本、四本……

ぶちまけられた水筒の数だけ、操られる水の量が増えていく。

「行くよ迅君。見逃さないで」

「誰に言ってやがる。いつでもいいぞ」

「水操【鎖海月《くさりくらげ》】」

「クイックアーツ【アクセル】！」

水の鎖の後を追い、迅が一気に加速する。

絡まりつく鎖に身を悶《もだ》えさせ、呻き声を一層強める九人の白装束の騎士達。

その顎や鳩尾《みぞおち》を迅は素早く正確に殴打していく。

意識外からの攻撃。

加えて水の鎖が迅から意識を逸《そ》らすように操られている。奴等《やつら》に対抗する術《すべ》はなかった。

やはり連携能力も高い。

巳夜の視野と迅の胆力が噛《か》み合っている。

九名の尋常な様子でなかった者達は、迅の速度の前に為《な》す術なく殆ど同時と思えるタイミングで倒れ伏した。

「あんた達は、一体……？」

「気絶させたんですか？」

「助かったぁー！」

「ふぅ……」

「別に構わねぇが、どういう状況だったんだ？」

儂と巳夜も彼等の前に姿を現し、迅と彼等の会話に交ざる。

「何があったのか、お伺いしてもよろしいですよね？」

「あぁ勿論《もちろん》だ。けどその前に礼を言わせてくれ、助けてくれて感謝する。俺は白地騎士団《ホワイトナイツ》迷宮調査部所属、第六部隊隊長のユーマだ。因《ちな》みにそっちで気絶してる連中は第七と第八部隊の奴等」

彼等の中でも一際大柄な男。

盾を背負い長剣を腰に差した、浅黒い肌の男だ。

それが、儂等に対してお辞儀する。

他のメンバー三人は疲労も酷《ひど》かったので、彼が代表して応対してくれている。

他三人も話は聞こえる距離に居《お》るから、何かあれば交ざるだろう。

「私は白銀《しろがね》巳夜、プラチナランクの探索者《トラベラー》です。それでこっちの二人は……」

「ジン・ウォードだ。ランクはゴールドだが実力はダイアくらいある」

「自分で言わないの」

「久我道実《みちざね》。ただの武器屋じゃ」

「え？　武器屋……え？」

ゴホン、と咳払《せきばら》いを一つして巳夜が話の流れを戻した。

「それで、話してくれますよね？　あれは何なんですか」

「あぁ、俺達はこの階層に調査をしに来たんだ。新種の魔獣が発見されたって通報があってな」

この迷宮都市には三つの騎士団が存在する。

その中でも『白地騎士団《ホワイトナイツ》』は主に、迷宮都市内の治安維持を目的とした騎士団だ。

その業務には、ダンジョンで起こる異常の調査も含まれるとか。

「新種なんて、どうして突然……」

「分からない。けど通報通り確かにそいつは居た。花というか草というか木の化け物みたいな奴で、蔓《つる》に搦《から》め捕られた奴からああやって暴れ出す」

「暴れ出すってより多分操られてるよな」

「あぁ、その通りだな。彼等は互いを攻撃している訳ではなかった。無差別に攻撃する訳ではなく、非洗脳者のみを襲うのだから、そう命令している存在が居るのだろう」

「なるほど……」

「だが今、俺達の副団長がそいつを追ってる。だから心配することはないさ」

安堵《あんど》した表情でユーマは言う。

その副団長とやらは随分信頼されているらしい。

「白地騎士団《ホワイトナイツ》の副団長っていやぁ……」

「うん。最高位《レジエンドランク》の探索者《トラベラー》で、しかも……」

「そうだ。俺達の副団長は『迷宮都市最強』って呼ばれてる。だからそいつが倒されるのも時間の問題さ」

迷宮都市最強。

何故《なぜ》そんな人物が第二階層に居《お》るのか知らぬが、勝手に退治してくれるというのならここで待っておれば良いだろう。

「茶でもしばいて待っておるか？　饅頭《まんじゆう》くらいならあるぞ」

「爺さんなぁ……まぁビビられるよりはマシだがよ、余裕ありすぎだろ」

「魅力的ですけど帰ってからにしましょう」

「そもそも、その魔獣を倒すだけでこいつ等も元に戻んのかよ?」

「多分戻ると思うよ。ダンジョン内の魔獣の毒ってそういう系統のものがかなり多いから。まぁ、確証がある訳じゃないからやってみるしかないけど」

「だったら、副団長様が片を付けてくれるまで爺さんの言う通り茶会でもしとくか? いつ暴れ出すか分からねぇこいつ等を都市に引き連れて戻る訳にもいかねぇし」

「そうだね。でも、その副団長さんと別れたのっていつどこでなんですか?」

「元々調査は森林エリアだったんだ。そこで魔獣と遭遇して、九人が毒牙に掛かった。副団長が魔獣に集中できるよう、俺達はこいつ等を引き連れてここまで撤退しながら迎え撃ったって訳だよ」

なるほど、相手は騎士団の同志。傷つける訳にもいかず逃げたという訳か。

まぁ、その状況なら悪い判断ではないだろう。

森林から山の頂上まで逃げおおせるとは、疲れているのも納得できる。

だが森林からここまでということは、急いでも二時間弱は掛かる。

しかも距離を離しすぎると囮《おとり》の役割が果たせなくなるのだから、追手を引き離しすぎないようにゆっくり逃げたはず。

巳夜の質問の意図はその部分だろう。

「それだけの時間があって、まだ討伐されてないいんですか……?」

「いやけど……副団長で無理なら俺やお前等でも無理だぞ」

ユーマが不安気な瞳を儂等へと向ける。

その様子に、巳夜が何か言おうとした、その瞬間——


「「「「ヴォオオオオオオオオオオオオオオオ」」」」


その声の主は一人や二人ではない。先ほどの騎士達から響くものでもない。

呻き声と共に、山を登る何十人もの集団が現れた。

それは間違いなく、この階層に居た探索者《トラベラー》達だ。

此奴等《こやつら》もまた騎士達と同じ毒に感染し、襲い掛かってこようとしている。

「なんだ……あいつ等……」

「まさか、あの感染者が増えるケースって蔓に巻き付かれた時だけなんですよね？」

「いや、それだけじゃない。感染者に肉を抉《えぐ》られたりしても感染してた……」

「ゾンビ映画じゃねんだぞクソ野郎！」

迅が周囲を見回しながらそう叫ぶ。完全に全方位を囲まれている。

「クソ、まだ死にたくないわよ私……」

「体力も武器も、ボロボロですよ僕等」

「……もう駄目かも」

残った騎士達も動揺し始めた。

そして儂と迅の視線は巳夜に寄せられる。

「なぁリーダー、俺は何でもするぞ。お前が決めてくれ」

「儂もお前さんの指示に従おう」

「迅君……久我さん……でもこの状況じゃ……」

「じゃあ諦めんのか？」

その問いに優しさはなかった。

責めるような鋭い視線が巳夜に突き刺さる。

迅は目で語っている。お前にはアイデアがあるだろう、と。

その脅迫にも似た期待に、巳夜は頭を上げて視線を返す。

「本体を倒すしかない」

「待ってくれよ！　奴が居るのは森林エリアだぞ!?　走っても数時間かかる。それに、俺の部隊の連中は体力も回復してないし、戦闘しながらの長距離移動なんてとても無理だ！」

「じゃあどうすんだよ隊長さん。こいつの案以上のモンがお前にあるなら言ってみろ」

「それは……だが……」

「決まりだ。俺一人なら隠密《おんみつ》と速度で敵を無視して森林エリアに行ける。俺が親玉をぶっ殺すまで耐えられるな巳夜？」

「待って、レジェンドランクが手こずってる相手を一人じゃ……」

迅のそれは確かに妥当な判断だ。それでも巳夜が言い淀《よど》む理由も分かる。

新種を討伐しても毒が消え去る保証はないのだ。

この状況でまだ感染していない騎士達を見捨てることは巳夜にはできない。故に迅は一人で行こうとし、巳夜は迅を取るか騎士達を取るかで悩んでいる。

それならば、今こそが――

「巳夜、迅、お前さん達二人で行け」

「え？」

「は？」

「ここは儂が相手取ろう」

「ちょっと待ってください。久我さんはそもそも探索者《トラベラー》ですらないんですよ!?」

「そうだぜ爺さん。爺さんだけでこの数相手にすんのかよ？」

「いや、儂だけではないさ」

久しぶりだな、この術式を使うのは。最後に使ったのは、そうか迅に使った時か。

儂が先天的に有する概念属性。臆病な儂に似合いのこの術理。

儂が異世界に迷い込んだその時に目覚め、儂を異世界でも生存させた、その魔術の名は――

「【其の身を癒せ《ヒーリング》】」

――回復。それこそが儂の魔術。

「傷が……治ってる……？」

「回復系のアーツなんて凄《すご》くレアなのに」

更に背負う鞄より、愛用の槌《つち》を取り出す。

それは迅の持つ短刀と同じ、付喪神《つくもがみ》が宿る槌。

入っている存在は【鍛冶の神】。

これを持つ間だけ、儂は鍛冶術式を使用できる。

更に幾つかの素材を奉納することによって、他の生産術式も短時間だが使用することを可能とさせる。

やはり準備は怠るべきではないな。

儂の造った装飾品や武器、防具、魔法陣など、持ってきていた幾つかのものを消費し、儂は更に術式を構築する。

「簡易武具製造、ミスリルシリーズ。【長剣】【大盾】【短剣】【大斧《おおおの》】【レイピア】」

武具がその場に現れる。

儂が持ってきた少量のミスリルと、ここで得た鉱石を素材として『今』造った品だ。

儂が工房で時間を掛けて造った品に比べれば各段に品質も効果も落ちる即席の品。

しかし、騎士達の破損した武具に比べれば十分マシな代物であろう。

「あまり武器屋を営《な》めるでないぞ？　武器も体力もあり余っておる騎士が四人も居れば、お前さん達抜きでも防衛は可能よ」

幸いここは山頂だ。

地形も有利に働いている。

「儂の製作能力があれば即席の柵や単純なトラップも造ることができる。心配するな」

「爺さん……」

「久我さん……死ぬつもりという訳じゃないんですよね？」

「無論、全ての敵を打ち倒す心持ちよ。いや、倒してしまってはマズいのだったか」

「そうですね。足止めに留《とど》めておいてくれると助かります。迅君行くよ。水操【水敷《みずしき》】」

雲のように浮遊する水の絨毯《じゆうたん》を創造し、巳夜と迅がその上に乗る。

あれで全員逃げるという手は……

いや、ここに居るのは全部で七名。今の巳夜の力量では全員を乗せるのは無理だろうな。

「爺さん……任せる。悪いな、こんなことになっちまって」

「いや、お前さん達の責任ではない。それに良い体験になったと後で笑えば問題にもならん」

「騎士団の奴等も爺さんを頼む」

「あぁ、任せてくれ。これでも俺達は騎士の称号を持ってるんだ。さっきは止めるようなことを言ったが、君等の行動を見て思い出した。俺達はそういう思いで騎士団に入ったんだってことを」

ユーマの言葉に他の者達も賛同し立ち上がる。

ヒーリングを掛けた途端に元気な奴等だ。嫌いではないぞ。

「もし副団長に会ったら俺の名前を出してくれ。そうすれば話を聞いて貰《もら》えると思う。君等となら性格は合うと思うよ」

「分かりました、それでは」

「あぁ、武運を祈っておる」

「ここは俺達に任せてくれ」

「頼んだぜ」

迅と巳夜を乗せた水の板が、森林エリアに向かって移動を始める。

「さて、ユーマとやら。始めるとするか」

「はい」

「因みに私、マリって名前ね」

「僕はキュレーです。武器使わせていただきます」

「私、ハイネ……です。回復も助かりまし、た……」

剣盾《ユーマ》、大斧《マリ》、短剣《キュレー》、細剣《ハイネ》か。

「改めて、儂は久我道実、しがない武器屋じゃ。よろしく頼む」

さて、久方振りに、儂も刀を抜くとしよう。

山頂を囲む大群を見据え、鞘《さや》より抜き放った黒い刃の切っ先を向け、老いた身体で大地を踏みしめる。

◆

「大丈夫……だと思う？」

私は迅君へ恐る恐るそう聞いた。

不安だからだ。久我さんをあの山に置いてきたことが。

私の問いに、迅君は難しそうな表情で答える。

「爺さんのことか？」

「うん」

「大丈夫……な訳ねぇよ。戦えるのは四人。幾らでも武器があるとしても、相手は百人近い。勝てる戦力差じゃねぇし、何時間も持ち堪《こた》えられる訳がねぇ」

迅君は、私なんかよりよっぽど戦いに詳しい。

幼い時から戦闘をしてきた彼と、探索者《トラベラー》を始めて一年も経《た》っていない私では、経験に差があって当然だ。

だからきっとその意見は正しいものなのだろう。

「じゃあ、どうして？」

「分からねぇ……。百パーセント、爺さんは死ぬか奴等と同じ状態になるって頭じゃ分かってたはずなのに……あの時爺さんと目が合って、気が付いた時には頷いてた。お前も同じだろ？」

そうだ。普段の私なら、あの状況で久我さんを置いていくことに納得する訳がない。

なのに、何故か、大丈夫な気がした。

そう思わせる何かが、意思が、久我さんの瞳にあった。

「っても、もう来ちまったんだ。後戻りはできねぇ。だから俺達がやるべきことは、一秒でも早く敵の親玉を殺すことだ」

「そうだね。分かってる」

殺す。迅君がその言葉を使うのは珍しい。殺し屋を引退したから気を付けてるのかもしれない。ダンジョンで魔獣が相手でも、彼は普段『倒す』と言う。

それが、今は殺すと言った。

昔に戻ってる？

いや、きっと本気になってるんだ。私と一緒に活動を始めてから初めて見せる――本気。

多分、そういうことだ。

会話をしているうちに森林エリアの上空へ到達した。

「居る？」

風域を使いながら水操をコントロールする、所謂《いわゆる》マルチタスクはまだ得意と言えるほど熟せない。

だから今は迅君の索敵能力に頼る。

「分かんねぇ。レスタ、知覚能力を上げてくれ」

私にはレスタという彼の愛刀の声は聞こえない。

けれど、レスタさんが迅君の言うことを聞かなかったことはない。

「多くの動物が一つの場所に集中してる」

「それだね。魔獣がゾンビと一緒に戦ってるんだ」

「あぁ、方角は十一時。行くぞ」

迅君の指示に従って『水敷』の魔術が向かう方向を転換する。

言われた方向に全速力で向かえば、それは直《す》ぐに見えてきた。

「なんだ、ありゃ……!?」

「赤……!」

私より少し年上に見える真っ赤な女性が一人、森の中の空いた場所に佇《たたず》んでいた。

黄金に輝くサラサラの髪を、シャンプーの広告で見たのを憶《おぼ》えている。

けれど、今の彼女にその面影は欠片《かけら》もない。

全身を真っ赤に染めている。返り血じゃない。あれは彼女自身の血だ。

相対するのは草と花と木の化け物。確かにそう形容して良い敵だ。

ラフレシアのような大口を開け、根ざした大地より出た数十本の触手を操る、巨大で、緑を基色とした魔獣。

それにその女性は、無抵抗で殴られ続けていた。

「痺れ縛り草《パラフレシア》」

「なんだそりゃ……?」

「森林エリアに出る、花粉を吸わせることで人間の身体を麻痺《まひ》させる植物系の魔獣。でも、似てるってだけでそれじゃない。多分、進化種だ」

魔獣は稀《まれ》に進化する。その条件は人を多く殺すことと言われている。

しかし、ここは【リバベル】でも初級の階層。その環境は殆ど暴かれていると言っていい。

ここに来る探索者《トラベラー》が、あの程度の魔獣の個体に何人も殺されるとは考えにくい。

でも、目の前の光景は事実だ。理由は定かではないが、間違いなくあれは進化した魔獣だ。

「なんであいつ、反撃しねぇんだ？」

「触手の先を見て。探索者《トラベラー》が捕まってる」

「人質だぁ？　ダンジョンの魔獣ってのはそこまで賢かったのかよ」

「上の階層なら兎《と》も角《かく》、こんな浅い階層でそれはないよ。まぁ、進化してなければの話だけど……」

「……なるほどな、じゃあどうする？」

「さっきと同じ。一瞬で全部の触手を斬り落とすしかないと思うけど……」

でも一つ疑問が残っている。

「なんで、あの人は操られないんだろう？」

触手に掴まれている探索者《トラベラー》は全員操られてる。

なのに、無抵抗の彼女は何故か無事。

その差異はなんだ？

「気合じゃね？」

「違うでしょ」

「へぇ……そういうことか」

「え、なに？」

「レスタが気付いた。あの女、毒を魔力操作で無効化してる」

「何その力技、ほぼ気合じゃん」

「でも、良いことを知れたな。要するに、俺等もあいつと同じことをすれば毒を無効化できる」

確かにアーツもアーティファクトも、源流は魔力だ。ならば、あの魔獣が使う毒が魔力に関係するものであったとしても不思議じゃない。

迅君に言われて、私も彼女の魔力を解析してみた。

そうすると、確かにその身体は強い魔力で覆われているのが分かる。

アーツ……いや、アーツは名の通り『技』だ。

なんのアクションもなく、持続的に効果を維持できるものじゃない。

それに私達とは違って彼女は特殊な武器を使ってる風にも見えない。

ということはその異能の正体は【オリジン】。

白地騎士団《ホワイトナイツ》副団長、立花吟《たちばなぎん》。

迷宮都市最強の称号を持つ彼女は恐らく――ダンジョンが現れる前からの異能者だ。

「作戦は決まった。敵もじっくり見た。あの女が気絶する前に、やるぞ」

「待って、相手は進化した魔獣だよ。さっきのは初級の探索者《トラベラー》だから上手《うま》くいっただけで、一瞬で全部の触手を斬るなんて無理だよ」

それに人質を摑んでいる触手の数は全部で十四本。

さっき気絶させた騎士達より数が多い。

幾ら迅君の速度でも、その本数を一瞬で全て切断するのは難しいだろう。

「おい、お前が言った作戦だろ」

「まだ途中。普通にやったら無理だけど、やり方次第」

「やり方？」

「私の炎纏《えんとん》で迅君の短刀を強化する。それをレスタさんの魔力集中で増幅させて、刀身を拡張する……」

私だけじゃ駄目だ。

私と迅君の双方に高い魔力操作の練度が求められる。

でも、彼の短刀なら……

その制御能力があれば、私と合わせて魔術を行使できると思う。

「拗《す》ねんなよレスタ。頼む」

拗ねる……？

「良いってよ」

「拗ねるって何？」

「自分以外から俺がサポートされるのが、盗《と》られたみたいで嫌なんだと」

「あのね、ほんとに全くそういう感情迅君にないから！」

「はいはい。さっさとやれよ」

「……全く。背中、こっちに向けて」

私の指示に従って、迅君の背が私へと向けられる。

迅君は視線の先に敵を見据えて離さない。

集中しているのが背中越しでも分かった。

だから、私もその背中に手を添えて、魔力を送る。

「……私のお母さん、病気なんだ」

「なんだ急に……？」

「私は今から君に命を懸けさせる。だから……言う」

彼は短く息を吐き、黙る。

「お母さんを助ける為《ため》に、ダンジョンで得られるアーティファクトの力が必要なの」

「……そうか。まぁそんなところだろうとは思ってたぜ。なぁ、巳夜」

「何？」

「俺は、今幸せだぜ。誰に命令される訳でもなく、自由に生きてる。レスタと一緒に馬鹿やれてる。この生活が長く続けば良いと本気で思ってる。だから、お前が居て良かった」

「…………ハズ」

「俺もだ馬鹿」

杖に付いた赤い宝玉が輝きを増し、私はより深く集中する。

見つけた。摑んだ。炎纏は付与の術式。本来は自分にしか使えないけど、魔力を繋げて制御すれば、他対象でも使用可能。

「行って、君を信じる」

「俺もだ。行ってくる」

紡がれる言葉は一寸の狂いもなく、私と彼の声は重なった。


「「炎纏《クイックアーツ》――熱刃《アクセル》!!」」


魔術の発動の為、普段よりずっと集中していたから。それに迅君と魔力のパスを繋いだから。

その動きはいつもより速いはずなのに、ずっと鮮明に捉えられた。

短刀に白い炎が宿り、振るわれるその瞬間に鞭《むち》のように大きく伸びた。


一刀目、側面より放たれた炎が同時に八本の触手を切断。

二刀目、敵の背後よりやや上空へ向けて放たれた斬撃が五本の触手を断ち切り。

三撃目、背後より突き出された短刀を握った拳。炎の宿る拳骨《げんこつ》が、敵の背骨を折り曲げ、魔獣はたまらずに最後の一人を放り投げた。


まだだ。

「水操【溺仮面《おぼれかめん》】」

放して終わりじゃない。

まだ皆操られてるんだ。

起きてくればもう一度人質にされる。

全員を瞬時に気絶させる為、私は全員の口の周りを水で覆う。

溺死させるまではいかないけど、気絶してもらう。

新たに水を操る必要はない。

乗ってきた水を使えば楽に魔術を発動できた。

その為、私も地面に着地する。

「誰……？　君達……」

「ジン・ウォード」

「白銀巳夜です」

「まだ感染してない探索者《トラベラー》、居たんだ……。助かったよ」

そんな挨拶をしてる間にも、ふらついた魔獣が姿勢を正しながら蔓を伸ばして攻撃してくる。

再生？　いや、増殖って感じだ。

回避行動を始める私と迅君に、後ろから声が掛かった。

「大丈夫。動かないで。【シールド】」

強く紡がれたその言葉と同時に、私達の前に半透明の板が出現する。

その壁が、全ての蔓を弾《はじ》く。

その間に全員溺れさせて気絶させることができた。

更に水を紐状《ひもじょう》に操り、気絶した人達に巻き付けてこちら側に引きずる。

上手くこっちまで連れてこられれば、もう一度人質にされることはないけど……

「ギャガガガガガガガガガガガガガガガガガガガガガ!!」

魔獣もそれを理解してる。

そして、私が水で皆を引き寄せる速度は速くない。

人質を取り戻そうと、今度はそちらへ触手を伸ばす。

「迅君！」

「あぁ、俺が守る！」

「ううん。君達は動かなくて良い」

「え？」

「はぁ？」

私と迅君が彼女に視線を移すと、彼女は小さな拳銃を敵に向けて構えていた。

何してるのこの人？

拳銃なんか、ダンジョンの魔獣に通用する訳……

しかし、そんなことを言う暇もなく銃弾は放たれる。

その射線の先にあった半透明の板《シールド》に小さな穴が作られ、穴を通り抜けた弾丸に触手が撃ち抜かれ
――

着弾した触手に『青い炎』が燃え上がる。

「何が起こってやがる?」

「これも異能だ……」

驚いている間にも、幾つもの触手が撃ち抜かれ燃えていく。

そして結局、私が全員を結界の中に入れるまで触手は一度も人質に触れられなかった。

「助かった。君達、ありがと。もう、大丈夫、倒す」

鋭い瞳で彼女が魔物を睨《にら》んだ瞬間。

「ゴフッ」

その人は、大量に吐血しながら倒れた。

「だい、じょぶ」

「いや、芋虫みてぇな体勢で言われてもだな……」

「全然戦えるように見えないんですけど……」

「だいじょぶ……人質を連れて、離れ……グフッ……」

また吐血した。

「はぁ……」

「ったく……」

「私達が倒します」

「つう訳だ、任せて寝とけよ。副団長サマ」

◆

「凄いなこの剣と盾、俺が元々持ってた奴よりずっと上等に感じる」

「私の斧もそうよ。軽いし重い。意味分かんないけど、そうとしか言いようがないわ」

「僕もいつもより身軽に感じるし、それになんだか相手の動きが遅く感じるよ」

「私も……前……出れる」

こうも褒められると少し照れるな。

「まさか、あんなにネガティブだったハイネが……」

「ネガティブハイネがそんなこと言うなんてね」

「ハイネはネガティブなのに凄いね」

「皆、ネガティブって言いすぎ……傷ついた……」

そんな軽口を叩きながら、彼等は戦闘を続行する。

その傍らで儂は製作魔術を駆使し、山頂に円形の木柵を設置した。

柵を越えようとしてくる相手を押し返すのが彼等の仕事だ。

彼等の武器は使用者の能力を向上させることだけに重きを置いて作製した。

この状況では個性の強い武器との親和性は望めない。

それに、此奴等の特性に合った武器を造るにはあり合わせの素材では足らんしな。

ミスリルの性質は魔力補完。

周辺の魔力を貯蔵し、それを儂が刻んだ刻印通りに起動する。

刻印内容は全員単純な『身体強化』だ。

動けるようになった分疲労は増すだろうが、今は数に対応する運動能力の方が重要だろう。

一連の戦闘を見て彼等の戦力のほどは分かった。

まず最も強いのがハイネという女剣士。

身体能力と技術双方で他三人を超えている。

「数が多い。負ける。死ぬ。嫌だ、死ぬなら自殺が良い。自分の死に時くらい自分で選ぶ」

次にリーダーのユーマ。守備的で安定した戦闘を行える。それに精神的な支柱も担っている。

「諦めるなお前等、きっと副団長やあの二人がどうにかしてくれる……！」

そして短剣使いのキュレー。他をアシストできる俯瞰《ふかん》を持ち、連携を指揮するチームの頭脳だ。

「そうだね。今はそれを願って少しでも時間を稼ぐしかないよ。油断は禁物、周りをよく見て隙を作らないように立ち回ろう」

最も慣れが見えぬのはマリという斧使い。当たれば数体を一気に吹き飛ばし、一見最も活躍しているように見えるが、しかしそれは他三名のアシストがあるからこそ。

怪力だが器用さには欠けるな。

「私等今までで一番強いのに、なんでこんなに押されてんのよ！」

しかしそれでも、戦況は芳《かんば》しくない。

やはり問題となっているのは敵の数だ。

儂がやった武器と魔術による疲労と傷の回復があっても、長い間持ち堪《こた》えるのは難しいだろう。

ならば……

「やはり儂も抜く他あるまい」


腰に携えた刀をゆっくりと抜く。

儂が愛用し、鍛え直したその刀。

無名であった刀に、儂は名を刻んだ。

儂の造るオリジナル武器の全てに内包される二段階目の力。


――真名呼識《しんめいこしき》。


心を通じ、己の扱う武器の名を識《し》り、素材の塊ではなく武器としての真価を呼び起こす。

だが、儂は武器と心を通じ合わせる必要はない。

製作者たる儂はその名を初めから知っているのだから。

故に、心を通じ合わせる必要もなく、その真名を呼び起こすことができる。

しかしそれはある種の『賭け』だ。

武器の名を呼ぶとは、その『意識』を目覚めさせるということ。

目覚めさせた武器そのものが儂を認めておらぬのならば、呼び起こされたその力に呑《の》み込まれ、蝕《むしば》まれ、儂はきっとくたばるじゃろう。

だが、此奴《こやつ》は儂と共に異世界を駆けた愛刀。

信じている。


「――応えよ、【黒虎《くろどら》】」


黄金と純黒が交ざったような落雷が儂の鼻先を掠《かす》めて落ちる。

「なんだ!?」

「なによ!?」

「雷……?」

「違う。魔獣。おっきい」

「心配するな、味方よ。きっとな」

通常のそれよりも三倍近い体軀《たいく》と、黄金と黒の縞模様《しまもよう》の毛を持つ『虎』だ。

儂の目の前に降り立ったそれは、怒《いか》るような形相で儂を見る。

その虎は、凝視したまま声を発さない。

呻き声も鳴き声も咆哮《ほうこう》すら漏らさず、ただ儂と目を合わせる虎に、儂も視線を離さない。

吐き出される熱い息が、儂の身体に掛かった。

「儂は久我道実だ、よろしく頼む」

儂がそう声を掛けると、その虎は一歩足を前に出し、口を開いた。

【これだけの贄《にえ》を用意したこと、褒めてやろう。皆殺しとは趣向が良い】

それは儂の頭にのみ響いた声。音として出力された訳ではない、伝心の言の葉。

虎はそのまま儂を越えて、毒に冒された探索者《トラベラー》共の方へゆっくりと歩いていく。

「な訳あるか。誰も殺すでない」

【何!? 殺しは我が生の醍醐味《だいごみ》だ。それを禁じようというのか貴様!】

「そうだ。文句があるなら儂が貴様を斬り飛ばす」

【貴様……我と共に何千何万と殺しておいて今更何を言う!】

「それでもだ。この者達の命を奪うことは許さん」

【ハァ……善行など愚かしさ以外の何物でもなかろうに。しかしまぁ、蔵の中の窮屈さに比べれば不殺でも暴れられるだけマシか】

全く、血気も殺気も昔の儂譲りか。

まぁ此奴には老いもなく、この刀が何万もの命を奪ったのは事実。

このような性格になることは寧《むし》ろ自然と言えるのかもしれぬ。

それに相性が悪いという訳でもない。黒虎が善意の塊であった場合と比べれば、この性格の方が幾分も気さくに感じられる。

【仕方ない、今は従ってやる】

黄金と漆黒が交ざったような雷が――駆ける。

虎は身体を雷光に変化させ、突進がままに感染者共へとぶつかりその局部に電撃を宛《あて》がっていく。

頭や心臓など重要器官は避け、かつ一撃で昏倒《こんとう》させることが可能な箇所への電撃。

雷を操るという能力以上に、精密極まりない動きと狙いだ。

「なんですか……？　あの虎……」

「ユーマか。あれは儂の刀の【器霊】といったところだな」

無論、武器として使う方が強力な戦力であることに間違いはない。

しかし、武器に宿る意思が魔力によって肉体を形成し顕現したその姿での戦闘も、可能は可能だ。

見える者全てを蹴散らす黒虎を前に、四人の騎士達の動きが止まった。

啞然《あぜん》としながらその様子に見入っている。

「あんな武器まで造れるんですね……」

「まぁ、そんなところだな」

実際には、あれは武器と使用者の力を合わせたものという方が近い。

儂の武器を持っただけでは、あれほどの力は出せない。

「俺にも武器造ってくださいよ」

「よいが、どの武器をお前さんに渡すかは儂が決めるぞ？」

「あれは駄目なんですか？」

「駄目だな。お前さんにはお前さんに合う武器がある」

「そうですか……でも、それでも欲しいです」

「良かろう。迷宮都市に戻ったら儂の店に来るが良い。住所はここだ」

一応作って、一応持ってきておいたチラシをユーマへと手渡す。

そんな中、黒虎の動きが止まった。

「終わったか？」

【有象無象《うぞうむぞう》とは異なる。強き者だ】

黒虎の前に一人の探索者《トラベラー》が立っている。

その男もまた、他の者達と同じように操られておることは明白。

しかし、その佇まいからは、他者とは一線を画す強者の雰囲気が感じられた。

「あれは……！」

「知っとるのかユーマ」

「はい。ミスリルランクの探索者《トラベラー》で、確か名前は柳亭《やなぎとおる》。なんでそんなに強い人がこんな低階層に
……ていうか、あんな人まで感染してるのかよ……！」

ミスリル……ということはラディアと同じランクか。

まぁ、あの自由人のことだ。ラディアは正当な評価でその地位に居る訳ではないのだろうが、それでも気にはなる。

「戻れ黒虎。儂がやる」

そう言うと、虎が頷いて姿を消し、黒刀の中に戻った。

「ユーマ、下がっておれ」

「え、ちょっと……？」

それを握り、儂は男の前に立つ。

年齢は六十を少し越えた辺りだろうか。後ろで纏められた白い長髪が印象的だ。

やや小柄。武器は身体の半分以上もある長尺弓。

背負われた矢筒に残る矢の本数は、残り一本。

「ウ……ォ……」

呻く声と共に、男は儂へ一礼する。

ほう、まだ意識が多少残っておるのか。

「では、手合わせして貰おうかのう」

儂は、刀を構えることでそれに応える。

同時に其奴《そやつ》も弓を構え矢を番《つが》えた。

二撃目はない。

いや、矢があったとて、一撃をいなせば番《つが》える間もなく儂の刃が先に届くだろう。

故に、矢の数であの男の力量は変わらない。

「あの、俺達も……」

「黙れッ！」

叱るように声を荒らげ、ユーマの言葉を切り捨てる。

「黙っておれ、分かったな?」

「はい……」

ユーマが黙ったのを見て、他三人も押し黙る。

黒虎が有象無象は倒してくれた。相手はこの男一人。儂も、他の全てを気にせず相対できる。

「行くぞ?」

儂の言葉を受けた瞬間、弓が思い切り引かれる。

しかし、まだ発射されない。

儂が動き出し、近寄る隙に放つつもりだろう。

儂に取れる手段は四つ。

真っ直ぐ突っ込む。左右どちらかより回り込む。上空へ跳ぶ。

「よい。乗ろう」

前に進む。

急ぐ必要はない。敵は止まっているのだから。儂はただ歩けば良い。

いずれ辿《たど》り着く。

「ウ……」

奴の頬を汗が伝う。片足が一歩後ろに下がった。

その瞬間――

一気に前に踏み出る。
「ウォ!!」
裂帛《れっぱく》の気合と共に放たれた矢の軌道に儂の刀を乗せる。
真二つに切り裂かれる。割れた矢の間。鏃《やじり》の一つを頬に掠め。ながらに翔《か》ける。
二本目は無い。
二射目は無い。
斬れる。
そう考えた一瞬の油断。
その刹那の遅れの間に、奴は更に弓を引いた。
何もないはずのその場所に、凝縮した風によって形成された矢が現れ、番われる。
「バレットアーツ【エア・ロー】……」
騎士の一人、キュレーの呟いた言葉が耳に入るが、時既に遅し。
このまま斬りかかれば確実に儂は死ぬ。

「黒虎」

名を呼びながら、適した剣術を選び使う。

その技の名を【雷切《らいきり》】という。

刀身に宿る魔力を爆発させ斬撃を加速させる、異世界で開発した魔剣術。

踏み込みは必要ない。この刀の切れ味は儂が最も知っている。

ならば必要なのは膂力《りょりょく》というより、振り抜く早さ。


スッ。


横に一文字を描く。

それだけで、矢が放たれるより先に弓が斬られ落ちる。

「ォ……ウ……」

数瞬遅れて、柳という男もまた倒れ伏した。

「すっげ」

「私なんにも見えんかったわ」

「弓を斬った瞬間、刃を回して腹で顎を打ち抜いた。神業……」

「あの人何者なのかな?」

さて、こちらは全て制圧した。

だからお前達も負けるでないぞ。

迅。巳夜。

◆

「勝つぜ」

そう、迅君は息巻いてくれる。

それが今は有難い。

だって状況は絶望的だ。

立花吟。白地騎士団《ホワイトナイツ》の副団長。そして迷宮都市最強。

彼女だからこそ耐えられていたのだ。

目の前に立ってみて分かる。今まで私が戦ったどんな相手よりも強力だと。

対してその立花吟は、今や戦闘不能。

這《は》いずっている状態で、逃げることもままならない。

今この場にある戦力は私と迅君だけ。

でも、相手は一匹じゃない。

時間を掛ければ感染した他の探索者《トラベラー》を呼ばれる。

いや、もしも感染対象が魔獣にも及ぶなら……それが集まってきたなら、勝ち目なんて針の穴を通すようなものだ。

一瞬で決着をつける。それだけが現状の答え。

でも、これじゃあどうやっても……

「悩むなら、どうやって勝つかだ。勝てねぇ理由なんかどうでもいいんだよ」

「迅君……別に、何も言ってないでしょ」

「お前の顔見てりゃ分かる」

迅君の言葉は重たい。いつも重たい。期待が凄く込められている。普通なら嬉しいことのはずなのに、重く感じてしまう。

だからそれに応えるのはいつも億劫《おっくう》だ。

でも、その言葉から逃げた先に私の求める正解はないって分かる。だから私は応えるしかない。

「だから二人は……逃げ……グフッ」

「「黙ってて（ろ）！」」

意思は固まって、揃《そろ》った。

「む……ん……」

勝つ。そうだね。やるしかないね。

久我さんの為にも、この階層に居る他の探索者《トラベラー》の為にも。

何より、私自身の為に！

「私が触手を叩き落とす」

「あぁ、俺が本丸に風穴を空けてやる」

水操【雨鞭《あまむち》】。

今の私に操れる最大水量全て使っても、並行処理するなら三本が限度。

敵の触手は十四本。

さっき立花さんに撃ち抜かれた分も既に再生してる。

触手を幾ら斬っても無駄なら、狙うのは中央にあるハエトリソウみたいな本体。

大型魔獣の口みたいなアレだ。

ということは、そこまで迅君を届けるのが私の仕事。

「キキキキキキキキキキキキキキ！！！！！」

植物モンスターの歯がガチガチと何度も鳴っている。

威嚇行動だ。敵も殺気立ってる。

「葉っぱ如《ごと》きが吠《ほ》えてんじゃねぇ。行くぜ。クイックアーツ【アクセル】！」

迅君が最速で飛び出す。

触手がそれに纏わりつくように動き始めた。

一本一本弾いてたら足りない。

だから私は線を引く。迅君の頭上に水の鞭で二本の線を引く。

すると触手は水の鞭に巻き付くように曲がり迅君まで伸びていくが、一度速度が殺されればもう、迅君のスピードには追い付けない。

だが魔獣にあるまじき冷静さで、残されていた一本の触手が迅君を真正面から襲う。

けれど、手を残していたのは私も同じ。

最後の一本同士で弾いて、迅君の道を開く。

「ナイス」

「行って！」

「魔力浸透【斬撃強化】」

魔力による武器の強化。しかも一点に集中させた最大攻撃力。

その魔力の宿った短刀を持ったまま、迅君の腕は魔獣《パラフレシア》の口を縫い付けるように串刺しにした。

その一撃を見て、私の口から喜びの声が漏れる。

「やっ――」

「ってない。早く離れて！」

私の横で倒れている立花さんが大きく叫ぶ。

迅君にもその声が届き、後ろに跳躍したその瞬間――

プシュゥ。

という音と共に、紫色の煙が痺れ縛り草《パラフレシア》の口から吐き出された。

「なに……？」

「あの魔獣が使う毒は一種類じゃないの。シールドッ！」

また立花さんの異能が発動する。

私と彼女を守るように結界が展開された。

この盾は煙までも遮断することができるらしい。

迅君も直ぐにそこに飛び込んでくる。

「迅君！　大丈夫!?」

「クソが……吸ってねぇのに……」

膝が折れた。

そのまま何よりも大事なはずの短刀を取り落とす。

迅君の右腕が紫に染まっていた。

「肌から吸収されるタイプだから、息を止めるとか関係ない」

「知ってるってことはくらったんだろ？　なんでアンタは罹《かか》ってねぇんだ」

「私、だから」

「理由になってねぇだろ、クソ……」

腕だけじゃない。

症状が出ているのは迅君の右半身全てだ。

足も使い物にならなくなってる。

見誤った……いや、知らなかった。あの魔獣の使う奥の手を。

こんな力があるなんて。

これは痺れ縛り草《パラフレシア》の通常種には備わってない力。

こんなの想定できる訳がない。

……いや、違うか。ダンジョンっていうのは最初から理不尽なものだった。

この杖っていう理不尽があったから対抗できていただけで、私は最初っから何もできない小娘だった。

「迅君……」

「あぁ、次はどうする?」

「片足でも逃げられるよね」

「あぁ?」

「その人連れて逃げて応援を呼んできて。私が時間を稼ぐから」

私がそう言うと、迅君は鬼のような形相で私を睨む。

「…………テメェ、本気で言ってねぇだろうな?」

怒ってくれる。

何にも関係ない私の為に。

それだけで満足だよ。

「もう勝てないよ」

勝つ方法が存在しない。半身しか使えない迅君。満身創痍《まんしんそうい》の立花さん。そして、攻める力も守る力も速度も、全てで劣る私。

この三人で、あの魔獣を討伐する方法は存在しない。

「ウォォォォォ」

「アォォォォォ」

「グォォォォォ」

それにもうタイムリミットだ。

私と迅君の加勢を見て仲間を呼ばれた。

最初に仲間を呼んでいなかったのは、人質が居れば立花さんは反抗しないって分かっていて、嬲《なぶ》って遊んでいたから。

状況が変われば相手の対応も変わる。

人間も魔獣も大量に現れる。どうやら最悪の読みは正解だったらしい。

この魔獣の毒は『魔獣にも有効』だ。

獣と人を合わせて、目算でも百匹以上。

この数の敵を退けてあいつを叩くなんて、今の力じゃ絶対無理だ。

「嫌だね」

「迅君！　お願い、聞いて！」

「なんで俺がテメェの願いを聞かなきゃならねぇ。テメェの願いはテメェで叶《かな》えろ。逃げるなら、テメェとそこの女だ」

残った左手で短刀を構え。

片足で踏ん張って身体を支える。

肌の紫は首を伝って顔にまで伸びようとしていた。

「これは冷静な話し合いだよ。もう君には時間稼ぎなんてできる力は残ってない」

「馬鹿が、知るかよ」

「ッ……の！　なんで!?」

分からず屋と、怒りを叫ぶ私に対して迅君は静かに言った。

「親助けんだろ？　死んだら助けらんねぇだろうが。だから馬鹿かっつってんだ……」

そう言って、迅君の視線は敵を向く。

なんで……関係ないじゃん。

君には私の命も、私のお母さんのことも。

何にも関係ないじゃん……

悔しい。悔しくてたまらない。逃げることしかできないほど、弱い自分が。

私も迅君みたいになりたかった。真っ直ぐ、自分の意思のままに、全ての敵から目を背けない。

そんな人間に……なりたかったはずなのに……


「なんか、凄いね、君達」

そう呟いたのは、立花さんだった。

何もできない状態なのに、透き通るような声は健在で。

魔に魅入られたと勘違いしそうなその美声が、頭に響く。

「もう、逃げなくて、良い」

「どういうことですか？」

「勝つ、君達が。広がって、【シールド】」

毒煙を防いでいた透明の結界が、一気に広がっていく。

あの結界は阻む対象を指定できる。

多分、今指定されたのは『煙』と『ゾンビ』。

その二つの対象が押し退《の》けられていく。

結界が残したのは、私達と痺れ縛り草《パラフレシア》だけ。

けど、感染者達が外から結界を攻撃しているのが見える。

「死に損ないのくせに、まだこんなことができるのかよ……」

「長くは保たない。この間、私は他のことが何もできなくなる。けど、五分は稼ぐ」

迷宮都市最強と、そう呼ばれる理由が分かる。

これだけの傷を負いながら、それでも規格外の異能を発揮し、戦況を変えることができる。

これがレジェンドランク探索者《トラベラー》の実力……

「でも、どうしてですか……？」

「何、が？」

「私は諦めたのに」

「貴女《あなた》はここで諦めない方がいい。私はそう思う。だって、勝てるのに」

「何か方法があるなら教えてください。何を根拠に言ってるんですか？」

「勘」

はぁ？

「ははははっ。マジでウケるな、アンタ」

「ありがとう」

「褒めてねぇよ」

笑みを作った迅君が私に呼びかける。

「なぁ、やろうぜ。最後まで」

「迅君……私……」

「自信持て。お前が強ぇってこと、俺は知ってる」

「来るよ。お喋《しゃべ》りしすぎ」

駄目だ。

誰も私の言うこと聞いてくれないや。

なんでかな、なんで……なんでだよ……

なんで、嬉しい気がするんだよ。

「仕方ないよね、君は……」

「あぁ、行くぜ」

「ううん、今度は私が行く」

二人より数歩前に出る。飛んでくる最初の触手を水操で弾く。

更に飛んでくる触手を、炎を纏った杖を振り抜いて弾き飛ばす。

風域で触手の動きは読める。後は迎撃の手数を揃えるだけ。

近接戦闘は苦手？　違うはずだ。

この杖は全てを熟す。

できてないのは、私ができないと思い込んでいたからだ。

迅君に負けたこと、接近戦は苦手なんだって知らず知らずのうちに引きずってたっぽい。

大丈夫だ。触手の動きも、魔獣の頭部が再生していないことも……目を凝らせば見えている。

「迅君は立花さんを守ってあげて。もう十分仕事をしてくれたから、後は私に任せて」

「あ……？」

杖を構えながら、歩いて進む。

そうすれば、不愉快な鳴き声と共に触手の嵐がやってくる。

「よく見て」

一本目を左にいなす。

二本目も身体を振って回避……

「カハッ……！」

「巳夜ッ！」

失敗した。腹部に命中した触手は、そのまま私の身体を持ち上げて吹き飛ばす。

「【水網蜘蛛《みずあみぐも》】」

呟くと同時に発動された魔術は、水の網を形成し私の背中を受け止める。

威力は殺した。けど、吐き気が強い。

「大丈夫だ」

自分に言い聞かせる。自分に命令する。

「次は避《よ》け切る」

風域は今の一連の敵の動きを追えていた。このミスは、私の処理能力じゃ相手の触手全てを捉えられなかったから。けど、戦術的に私のしようとしたことは間違っていない。

もっと奥まで、深く、そして同時に、魔術を発動させればいいだけ……

「キィィ！」

鞭のようにうねり、触手が飛来する。今度は同時に三本。

風域で触手どうしの隙間を見つけて、抜ける！

「ハッ……‼」

肩に叩き込まれた触手が、私の身体を大地に叩きつける。

肩の骨は……大丈夫、外れてないし折れてもない。動ける。

触手がそのまま私の身体に巻き付いてくるが、炎纏で焼き切って離脱する。

「戻れ巳夜、俺も一緒に戦う……！」

そう言った迅君の片膝が地面に付く。

「考えなしに突っ込むのは、駄目」

心配してそう言ってくれる立花さんも既に限界だ。結界の維持に手一杯で一歩も動けそうにない。

今この状況で万全に戦えるのは、私だけだ。

この状況をなんとかできるのは、私だけだ。

「大丈夫。考えは、ある！」

何度も、触手が私の身体を打つ。

「ツッ……！」

打撲が増える。傷が増す。

それでも……もう少し……もう少しなんだ……

「ガハッ！」

触手に足を引っかけられて転倒し、私の腕に触手が叩きつけられる。

――苦しい。痛い。辛《つら》い。

「グフッ！」

何とか起こした身体が締め上げられ、首に巻き付いた蔓が酸素を奪う。

――怖い。やめたい。逃げたい。

「……ッ！」

首の触手を水の刃で切断し離れるが、宙を落ちていく間に横腹を触手に打たれ、木に頭をぶつけた。

——疲れた。眠りたい。投げ出したい。終わりたい。

逃げ腰の頭の中、けれど不思議と『負けたくない』という強い思いが残っている。

その一心に集中し、全てを懸けて身体を動かす。無理矢理でも気合でも何でもいい。

あと一歩の成長が痛みで稼げるのなら、血でもゲロでも吐いてあげる。

「まだまだ……ック……！」

動きから相手の意思を読み取って先の動きを予見しろ。

「はぁ……はぁ……」

この杖ならそれができる。

喉まで出かかった吐《と》しゃ物《ぶつ》を無理矢理胃に戻し、涙を拭って立ち上がる。

考えてみれば、これだけ傷を負う戦闘を私はしたことがない。

限りなく安全に、確実性を極限まで高め、可能な準備の全てを尽くす。

だから、こういう突発的で事前情報の足りない戦闘に私は弱い。

「でも……」

でも、慣れなきゃいけない。

ちゃんと現実《まえ》を見据え、常に状況の改善を諦めてはいけない。

きっと改善の余地はあるのだから。起死回生の一歩がもう目の前にあるのだから。

血が顔を染めて、全身に打撲痕が増えていく度に、深度が増していくのを感じる。

「巳夜、やめろ……もういい。お前だけでも逃げろ！」

今まで見たことがないくらい苦しそうに、迅君は私に言った。

やっぱり君は優しいんだね。

「やめないよ。こいつは、沢山の人を不幸にした」

あれだけの被害規模だ。取返しのつかない人は出ているだろう。

こいつを野放しにすればもっと犠牲が出る。

「こいつはここで討伐する。もう、お父さんやお母さんみたいな末路は見たくない！」

そう言葉にした瞬間だった。

【――それでいい】

声が、聞こえた気がした。

唐突に、世界が異様に『遅く』流れ始める。

ゆっくりとした動きで、五本の触手が私を囲み叩きつけるように迫ってきた。

視《み》えている。だから、避けた。

身体を右に捻《ひね》り、最小限の動きで回避。

二撃目、三撃目も……避ける。

「キキキキキキキ！！！」

「ははっ」

そっか、そういうことか。風域は風を読む。周囲の動きを読む。

だったら次の段階に必要だったのは『意思を読む力』だ。

「ははは」

風域で読み取った動きに込められた意味を把握し、敵の真意を読むことでその動きの先を予測する。

「……あぁなんだ、簡単じゃん」

避けられたことを理解した魔獣が次に仕掛けてくるのは、追加を合わせた七本による同時攻撃。

杖を使って一本目を受け流し、できたスペースを通り抜けて進み続ける。

まだだ。

受け流した触手は千切れてる訳じゃない。

前や頭上からの攻撃が通用しないと魔獣が理解する。

そうすれば、君はきっと私の後ろにある触手を動かす。

前から来る触手を囮にして、本命は後方の触手をUターンさせての追撃。

でも、風域を発動している私に、死角はない。

「あぁ、なんて言うんだろうね。この感覚」

回避して通り抜ける触手を、炎纏を付与した杖で殴って千切る。

「もう、見切っちゃった」

見据えるのは敵の動きじゃない。

私が今見てるのは、未来とか、心とか、そういう不可視なものだ。

この魔獣には迅君ほどの爆発的な速度はない。

風域で追えるなら、その軌道を計算し、見えた動作から次の動きを予測して。

「噛みつかないでよ」

言い終えた傍《そば》、目前まで辿り着いた私に向けて、痺れ縛り草《パラフレシア》はハエトリソウのような大きな口を開け、迫る。

「炎纏《えんとん》」

私は杖に炎を宿し、顎を打ち上げた。

魔獣は完全な隙を晒《さら》している。ここを攻撃の起点にする。

傷だらけの重たい身体を我武者羅《がむしゃら》に動かし、魔獣に迫る。

「巳夜！」

「毒が！」

分かってる。ちゃんと見えてる。

あの広範囲攻撃を完全に回避するのは風域じゃ無理だ。

でも、大丈夫。

四度目の感覚がある。

「第四属性・光《ノルン》」

杖に付いた四つ目の宝玉。白く光るその宝玉より魔術が発現する。

「──【光鎧《こうがい》】」


迅君は自分の体内に魔力を巡らせて身体を強化している。

立花さんは自分の体内の魔力を制御して毒素を無効化していた。

でもそれって全部魔力操作の応用だ。だったら私にできない訳がない。

そう思った。そうして完成したのがこの魔術。私を害そうとする、邪《じゃ》なるものを弾く鎧《よろい》。

今の私には毒も呪いも放射線だって通用しない。

私の身体を包む黄金の光の上より紫の煙が吐き出されるが、最早それは無害な霧だ。

ていうか、君のその技って自分の視界も奪ってるよね。

それに毒素が変な臭いしてるから嗅覚も狂わせてる。

まぁ、この魔獣がどんな感覚で周囲を捉えているのか知らないけれど、毒を浴びた迅君を追撃しなかった時点でこの煙が君自身の感覚器官を潰してるのは明白。

スカンクって自分の臭いで気絶したりするし。

カメムシなんて自分の臭いで死ぬこともある。

蛇とかも種類によっては自分の毒を受ける。

君にとって、その毒煙はそういうものなんだろうね。

毒が自分に効くってほどじゃないけど、自分の視界を遮るというデメリットを持った欠陥技。

でも、風域がある私には君の動きは全て分かる。

今この瞬間は、毒さえ効かなきゃ一方的なこっちのターン。

「炎纏【灼拳《しゃっけん》】」

まだ。

「水操【小雨針《こさめばり》】」

まだ。

「炎纏【灼杖《しゃくじょう》】」

まだ。

燃えた拳で殴りつけ、水の針を幾つも撃ち込み、炎の杖で殴打を繰り返しながら——

まだ！

「水操【突貫雨槍《とつかんうそう》】！」

水で作り上げた巨大な槍《やり》が高速で回転し——

「はぁぁぁあああああああああああああああああ！」

魔獣の顔を巨大な回転槍《ドリル》で穿《うが》ち貫く。

喉を貫かれ声を上げることすらできず、身体を大きく痙攣《けいれん》させながら、魔獣は事切れていく。

けれどまだ、油断はしない。

周囲を囲む感染者達が自我を取り戻していく光景を見てやっと、私は迅君達の方へ振り返った。

「ったく」

「勝ったよ！　ピース！」

言いながら、私の身体は意思に反してへたり込んだ。

流石《さすが》に体力も魔力も限界だったらしい。ほっとしたら力が抜けた。

「ちょっとはやるじゃねぇか」

「ん、期待通り」

「いえ、立花さんの結界のお陰です！」

「そもそも魔獣を倒せなかったのは私の落ち度。感謝するのはこっち」

自然と拳が握り込まれる。

勝手に顔が緩む。

「それにしても迅君って、ちっとも言うこと聞いてくれないよね」

「俺に命令しようなんざ百年早いっての。やりてぇことしか俺はやらん」

「はぁ……まぁ、それでもいいよ。それと、ありがと」

「あ？　何がだよ？」

「お母さんのこととか、私を逃がそうとしてくれたこととか……」

「……別に。親はまぁ、大事にしとけ」

「うん……」

なんで私、迅君に照れてんだろ。

迅君なんかただのガキなのに。

ていうか悪ガキなのに。

なんかムカついてきたな。

というか私が接近戦不得意だと思ってたのも迅君に負けたせいだし。

いや、それは流石に八つ当たりだけど、なんか今は八つ当たりしたい気分だ。

「でも迅君！　毒が回った状態で戦おうとするのは無茶！　絶対無茶！」

「うっせぇな、俺の勝手だろうがよ！　突っ込んでぶっ飛ばす、これが俺の勝ち方だ！」

「それが無茶苦茶って言ってるんでしょ！　大人しくすることも憶えてよ！　このガキ！」

「誰がガキだテメェ！　もう毒も抜けてきたし、もう一回のしてやろうか？　あぁん!?」

「うわ、女の子殴るなんてサイテー。そういうことしてるからガキなんだよ」

「んの野郎！」

摑みかかってくる迅君をヒョイっと躱《かわ》す。

なんだか『風域』も前より使い易《やす》いし、新魔術『光鎧《こうがい》』も習得した。

「もう私の方が迅君より強いねこれ」

「な訳ねぇだろバーカ」

「二人は恋人？」

「ちげぇよ！」

「違います！」

そんな叫び声と共に、この一件はひとまずの決着を迎えた。

第四章　客々

儂《わし》は鉱石採取という目的を達成し、無事に自分の店へと戻った。

迅《じん》は今回の功績によって探索者《トラベラー》ランクを一段階上げ、プラチナランクとなり巳夜《みよ》と並ぶことになった。

これには迷宮都市最強と呼ばれる『白地騎士団《ホワイトナイツ》の副団長』の推薦があったらしい。

今回の事件によって少なくない死人と怪我人《けがにん》が出たらしい。

しかし、少なくとも儂の知る顔は一人も死んでいない。

巳夜と迅。儂と戦《いくさ》を共にしたユーマ達《たち》。そして敵として相対した柳亭《やなぎとおる》という老人を始めとした探索者《トラベラー》達。

全員が無事生きている。

ならば、これ以上を望むのは我儘《わがまま》だろう。

「いらっしゃい」

儂が口を開くと同時に店の扉が開く。客だ。

「お久しぶりです、久我《くが》さん」

見知った顔のその男の名を儂は呼び返す。

「久しぶり、というほどの日数は経《た》っておらぬだろう、ユーマ」

「そうですね。つい一昨日の話ですし」

ユーマの後に続いて、他の面子《メンツ》も店に入ってくる。

キュレー。マリ。ハイネ。四人は儂の店の内装を見ながらカウンターに近づき、その上に各々の武器を置いた。

「貸してくれてありがとうございました」

「お爺《じい》さんの武器、めちゃくちゃ有難かったです」

「素晴らしい品をお貸しいただいたこと、僕等《ら》全員感謝しています」

「凄《すご》く、使い易《やす》かった、です」

それらは儂が急造したミスリル製の武器達だ。

「うむ、確かに返却された」

武器を仕舞う儂へ、ユーマは本題を切り出した。

「それで、俺達の武器を造って欲しいって話なんですけど」

「あぁ、儂は武器屋だ。無論、お前さん達にも武器は売る。しかし、どの武器を渡すかは儂が決めるし一人一本までだ。それでよいな?」

「はい!」

彼等の戦闘は直《じか》に見た。その性質や得意不得意もある程度把握した。

武器を選ぶのにそれ以上の情報もあるまい。

その情報をもとに予《あらかじ》め見繕っておいた武器を彼等の前に置く。

「……え？」

「何これ……？」

「これは流石《さすが》に、予想外ですね……」

「ん」

「なんぞ、予想と異なる反応だな？」

儂が選んだ彼等に適した武器。それを彼等は不思議そうな表情で見た。

「いやこれ、武器じゃないんですけど……」

「僕のなんて防具だよ……」

「私のこれ何？　実物初めて見た」

「普通のレイピアだ、良かった」

一つは盾。前面を緋色《ひいろ》の金属が覆うその盾は、仲間を守り抜いた先にこそ真価を発揮する。

一つは冠。影色のそれは、冷静な戦闘が可能な者だけが使い熟《こな》すことができる戦略の武器。

一つは手裏剣《しゆりけん》。扱いは単純だが、攻撃力を最大限発揮するには優れた膂力《りょりょく》が必要な特性を持つ。

一つは細剣。高い技量と使用者の勇気が合わさる時、その刀身は何者にも勝る突破力を得る。

「通練《つうれん》の陽盾《ひじゅん》。影の冠。極大手裏剣。廻針《まわりばり》。それがお前さん達の武器達の名称だ」

儂は彼等にその武器達が有する力と何故《なぜ》それを選んだのかを説明した後、こう付け加える。

「儂の打つ武器とは、生物を傷つける為《ため》に造られた全ての品のことだ。故に、その能力を有するこれ等は間違いなく武器と呼んで良い品々よ」

「これって剣とセットとかじゃないんですか？」

二本一対のような例外はあるが、彼等の武器はどれもそうではない。

儂の武器の本来の力を解放するには、武器と心を通じ合わせ、その真名を聞き出す必要がある。

その時、他の武器を有しているというのは枷《かせ》になる可能性が高い。

「悪いが儂の武器は原則一人一つだ。でなければ武器が怒る」

「怒る……？　な、なるほど……」

「リーダー、使ってみようよ。返還した武器が持っていた破格の強さを僕等は知ってるんだから」

「キュレーの言う通りよ。信じてみましょ、ユーマ？」

「この人は、あの時私達を救ってくれた武器屋さん、だよ」

三人の言葉にユーマも頷《うなず》いた。

「そうだな。俺等が今生きてるのは久我さんのお陰だ。その人が相応《ふさわ》しいって言うんだから悪いものじゃないんだろう。すみません、折角造って貰《もら》ったのに文句みたいなこと」

「気にしておらんよ。それにもし合わなければ相談しに来るが良い。返品も受け付けておるし、お前さん達の状態や能力に合わせて武装の変更を提案することも武器屋として当たり前の仕事だ」

「ということは、今はこれが僕等に最適だってことですよね」

「儂はお前さん達の戦いを見てそう思った」

「じゃあいいんじゃない？　ちょっと使ってみようよ。出された時は驚いちゃったけど、興味はあるし」

「私も、使ってみたい」

「オッケーだ。それじゃあ久我さん、この四品買わせて貰います」

「うむ」

「それと何かあった時はいつでも俺達に相談してくださいね！　これでも騎士団の端くれなんで、必ずお力になりますよ！」

「そんなこと言ってこの前は助けられてたくせに」

「この前はこの前だって。今から強くなって俺達が困ってる人を助ければいいだろ」

「相変わらずリーダーは正義感が強いよね。まぁ嫌いじゃないけど、ちゃんと現実的な算段をつけてから実行しようね」

「あぁ、皆にはいつも助けられてるからな、頼む！」

「全く……」

「私も、頑張る、よ。リーダー」

彼等の会話を、儂はこの島で使われている『電子でばいす』というもので代金を精算しながら聞いていた。

良きリーダー。良き仲間。

その関係性を成立させているのは彼等の中で一致している『在り方』だ。

騎士団として、そうユーマが言ったように彼等はその身分に誇りを持っている。

その若さで困っている人間を助けようなどと思える精神性を、儂は少しだけ羨ましく感じた。

「久我さん……」

「なんじゃ？」

「俺は副団長に、立花吟《たちばなぎん》に憧れて騎士団に入ったんです。あの人は誰よりも正義感が強くて、誰よりも多くの人間を救ってきたヒーローで、だからちょっとでもあの人の役に立ちたいって……」

「そうか。儂も数々の騎士を見てきたが、お前さんの想《おも》いはその中でも素晴らしく騎士らしい」

騎士道など説ける人生は送っておらぬが、見てきた武人とこの者を比べることはできる。

実力はまだまだ発展途上。チームとしての能力や指揮官としての能力も凡庸なものだ。

それでも、あの絶望的な山頂で剣を取って立ち上がれたのは、此奴等《こやつら》の思いの丈や絆《きずな》と呼ぶべきものが尋常のそれよりも強固だったということだろう。

「貴方《あなた》のお陰でまだ騎士で居られる。そしてこの武器で、きっともっとあの人の役に立てる。だから、本当にありがとうございます」

彼等は並んで頭を下げてから、儂の店を後にした。

◆

「初めまして。と言うのが正しいのでしょうかな」

開口一番、そんな言葉を口にしながら老人は儂の武器屋を訪れた。

「儂はお主を見るのは二度目じゃな」

しわがれた声。速いとは言えない反応。定まり切らぬ視点。肉体の限界が見て取れる。

儂と似た、枝のような細い身体《からだ》を持つその男の名は……

「確か、柳亨といったか？」

「はっ。その節はご迷惑をお掛けいたしましたじゃ」

「魔獣の仕業だ、お主を非難する理由などない」

「私の不徳の致すところ。恐縮極まりますじゃ」

わざわざ頭を下げる為に儂の店を調べて顔を出すなど、随分と律儀な奴《やつ》なのだろう。

「わざわざそれを言いに来たのか？」

「もう一つ、お聞きしたいことがございますじゃ」

「なんだ？」

「私は今年七十八になります」

「そうか。まぁ若く見える方ではないか？」

見た目は六十ほどに見えるしな。

「……失礼、貴殿のご年齢を聞いてもよろしいでしょうか？」

「百と二つだ」

「やはり、先達であられたのですね……」

柳は目を伏せ、何かを少し考える素振りをしながらそう答えた。

「それがどうした?」

「貴殿の剣、貴殿の技、どれも一流であらせられました。歳《とし》を一切感じさせない切れ味を持つその技に、私は、儂は……!」

拳を握り、何処《どこ》か嬉《うれ》しそうな顔を上げて……しわくちゃのその老人は、枯れ切る間際のその声で――儂に言った。

「まだまだ、精進をやめてはならぬのじゃと。貴殿のような歳も実力も上の先達が居るのなら、まだまだ老いは言い訳にならぬのじゃと……そう思うことができましたじゃ」

言いたいことを言ってくれたものだな……と、儂は思った。

老いを感じているのは儂も同じだ。

儂の技を此奴《こやつ》は褒める。しかしそれは、儂の全盛期を知らぬからでる言葉だ。

若さがあれば。視力があれば。膂力があれば。

――筋力が、骨格が、神経が。

感覚の全てが若さを取り戻したのなら、あの程度の斬撃は絶対に振るわなかった。

だがしかし、この男はそれを知らない。

それを知らないからこそ、儂を見て自信を持ってくれている。

「勝手ながら、感謝しております」

ならば、訂正することは正しいことなのだろうか。

変わりたい。最後にそう思ったのはいつだっただろうか……つい最近だ。

それでも、歳や色々なものを言い訳にして変化から、精進から、逃げていた。

気紛《きまぐ》れだ。願われた訳でもない。

けれど、気が付いた時にはこの男に提案していた。

「お主、顔を出したついでに武器を買わぬか？　丁度良い武器がある」

少し難しい顔をした後、柳はおずおずと口を開く。

「しかし、儂の弓は『宝』と呼ばれる様々なものの中から選び抜いた品ですじゃ。貴殿の品を愚弄する気はありませんがしかし……」

「それでも構わぬ。儂の弓がお主の眼鏡に適《かな》わぬなら使わずともよい。儂は自分の品が最高の品となるように研鑽《けんさん》しているが、今の時点で完璧であるとは思っておらん。使うも使わぬも、担い手が決めればよいことだ」

「そう仰《おつしや》るのならば、お薦めを一挺《ちよう》購入させていただきたく思いますじゃ」

「あぁ」

習熟し切った武人の武器を変えることは得策とは言えない。

培ったその技や歴史は、元来の相性以上の強靱《きようじん》さに至っている。

少なくとも柳亭の有する技量は、此奴《こやつ》に弓以外の選択肢を与えないほどだった。

それに、長年愛用した弓を手放すことができないという信条も痛いほど理解できる。

だから、この男に託す武器はこれしかないと儂は考えた。

「ノスフェラツの羅針の矢筒」

名の通り、ノスフェラツという魔樹の枝より造られたその矢筒は内部で枝を伸ばし、形成された枝を矢の形に収束させる。

ノスフェラツとは別名を『吸血樹』とも呼ばれる植物であり、生物の血液を養分として枝を伸ばす特性がある。

更に、植物でありながら限定的な『転移魔術』を行使することができ、物理的に離れた枝が吸収した血液を幹へ転送することができる。

柳の弓に合うサイズと形状の矢を形成するように調整すれば、矢を射る感覚は今までとそう変わらぬだろう。

「つまりこの矢筒は、相手を射貫《いぬ》き続ける限り矢を無尽蔵に創造し続けることができると共に、連続して射貫いた対象の血の匂いを憶《おぼ》え、その対象を射貫けば射貫くほどに大きな角度で進行方向を曲げることができる。矢の創造と命中精度の補強。それが、この矢筒の基本能力。そして、もう一つ——」

その能力は、この矢筒が保有する能力の中で最も高い『殺傷性』を誇るものだ。

その説明を最後まで聞き、柳は驚くように言った。

「なるほど、ここまでの品を出されては文句の付け所もありませんな。有難く使わせていただきますじゃ」

「うむ、気に入って貰えて良かった。それと儂も一つ、質問をして良いだろうか？」

「なんなりと」

「お主はどうして、その歳になってまで探索者《トラベラー》という仕事を続ける？　金に困っておるようには見えぬし、何がお主をそこまで突き動かす？」

儂の問いに対し柳はぽつりぽつりと、独白のように語り始めた。

「若い頃は、様々な人間に迷惑をかけましたじゃ。やんちゃ坊主で、いたずら小僧で、取り返しのつかないような迷惑をかけたことも何度かあります。ですので儂は、それらの返済を終えてから逝きたいのですじゃ。それだけが、生涯に残る儂の未練……」

それが、あの階層に居た理由か。身体が弱り、周囲に止められ、それでもまだ何か為《な》したいと願った末の妥協案。それが、ミスリルランクの探索者《トラベラー》が低階層に居た理由という訳だ。

老いた身体で無理をして、いつ死んでもおかしくはなかろうに。

しかし、心配する権利など儂にはない。此奴に武器を与える儂が気遣うなど矛盾も甚《はなは》だしい。

それに、この男の活動は誰に迷惑をかけるものでもない。

懸けている命は自分のものただ一つ。ならば、他人でしかない儂には叱る権利も止める権利もありはしない。

「そうか。少なくとも儂は、お主の行動が間違っとるとは思わぬよ」

儂にはそう返すことしかできなかった。

「そのような嬉しい言葉を頂戴したのは、随分と久方振りですじゃ」

「あぁ、それとこれを持っていけ。儂が愛用しておる薬だ。大怪我をしても応急処置程度には使えるだろう」

武器屋として当たり前に、無責任に背中を押す。

武器を渡し、戦えと無遠慮に送り出す。

罪悪感を抱かない訳ではない。この男に注意しておる周りの連中の方が真面《まとも》なことは明白だ。

きっと、たかが武器屋がそこまで干渉するものではないだろう。

だが、迅も巳夜も……今更だ。

柳に渡したのは儂の魔術を込めて作った薬だ。

昔、知り合いの薬剤師に作って貰いこの世界に持ち込んだ品。

これがあれば多少生存率も上がるだろう。

「代金は……」

「これはサービスという奴よ、金は不要だ」

「よろしいのですじゃ?」

「よいと言っておる。さっさと持っていけ」

「……かたじけのうございます」

赤い液体の入った試験管を受け取った柳は、再三頭を下げて儂の店から出ていった。

◆

「こんにちは。初めまして」

その女には驚くほど気配がなかった。

扉に手を掛けたこと、扉を開けたこと、どちらにも気が付かず、気が付いたのは其奴《そやつ》が店に入ってきて数歩歩んだ後だった。

迅以上に、その技に長《た》けた者のようだ。

その女は真意の見透かせぬ瞳を有し、普遍的で機械的な表情変化のなさを持ち、見た者全てを魅了するような柔らかで可憐《かれん》な美貌を有していた。

「いらっしゃい」

女が言った通り、儂はその顔に見覚えがない。

しかしこちらの世も、儂が異世界に行く以前に勝るとも劣らないほど、武人の数が増えたことは承知している。

ならば、このような相手が客として来訪することもあるだろう。

「この前は、私と所属を同じくする騎士を、助けてくれてありがとう」

「白地騎士団《ホワイトナイツ》の者か？」

「……あ、そっか」

何かを察した様子で、その女は居住まいを正しながら自己紹介をした。

「私は白地騎士団《ホワイトナイツ》で副団長を務めてる。立花吟。改めて、初めまして」

副団長、立花吟。聞いた覚えがある。

先日のダンジョンでの事件の時、ユーマや巳夜達が言っていた。

確か『迷宮都市最強』……だったか。もしやかなりの大物なのだろうか？

「ユーマ達の上役という訳か。わざわざその礼を言いにやってきたのか？」

武器屋として感謝されるなら兎も角《とかく》、こうも立て続けにあの事件解決を手柄のように褒められるのはあまり馴染《なじ》めるものではない。

儂が全盛期なら……全霊で全力を出せていたなら……あの程度の事件はもっと早く解決することができた。

だというのに感謝などされると、悔しさや情けなさのようなものが溢《あふ》れ始めてくる。

「お礼という訳じゃないけど、私に武器を一つ売って欲しい。値段は言い値で、大丈夫」

なるほど。迷宮都市最強と言われるからには、財力にそれなりの自信があるのだろう。

もしくは、そんな風に評される自分が武器を使えば、儂の武器の名上げにも繋《つな》がるという善意なのやもしれぬ。

「しかし悪いな。それはできない」

「……何故？」

「儂は『銃』というものを造ったことがない」

そう言った儂を訝《いぶか》しげに見た後、その者は不服そうに呟《つぶや》いた。

「揶揄《からか》ってる？」

「何の話だ？」

「さっき、私のことを知らない、反応をした」

「あぁ、顔を見るのは初めてじゃ。それとも、何処かで会ったことがあったか?」

「どうして、私の武器が拳銃だってこと、知ってるの?」

「一目見れば客の得物くらい分かる。左上腿《じょうたい》に一丁、そして腰の背に一丁。同時に使うというよりは、用途が違うように思える配置だな」

「大体合ってる」

「まぁ、これでも武器屋だからな。しかし先も言った通り、儂は銃というものを製作したことがない」

「でも、これはお礼。剣でも槍《やり》でも構わない。私が使う、それを皆見る、そしてここが繁盛する。それが一番お礼になる、はず」

やはり、そういう腹積もりであったか。

しかし、それでは儂が納得できない。

使うことでその者を強く導くことが武器の役割。

それができないのなら、武器を造る意味など儂にはない。

だが、それならば、儂はこの娘に何ができる?

ユーマ達とは違い、この娘は既に完成している。

その戦闘戦術《スタイル》は一つの極致へ至っている。

武器の種別を別物にすることは、極めた努力を無に帰す行為。立花吟の実力は最早《もはや》用いる武器を

『拳銃』以外に許さない。

ユーマのところのキュレーに渡した『影の冠』のような、既に使っている武器と同時に扱える武装を造るという選択肢はある。

しかし、それでも此奴《こやつ》の戦術の邪魔をするだろうという懸念がある。

やはり、此奴《こやつ》の銃をその戦闘技能に適した更なるものへ交換するのが儂に可能な最良じゃろう。

「礼というなら一つ聞いて欲しいことがある」

「言って、いいよ」

「その拳銃を見せて欲しい。そして、儂にお前さんに適した拳銃を造る時間を与えて欲しい」

「銃、造ったことないって言ってた」

「あぁ、だから造れるようになる。今から、これから研究し研鑽を積むのだ。今お前さんが持つ銃よりも、もっとお前さんに合ったものを造れるように」

儂は老人だ。老人には新しいことは向かないのかもしれない。

けれど、柳亭は腹を括《くく》った。儂を見て、まだ自分の人生には『次』があると、『先』があると、そう信じたのだ。

その姿を見て、儂は自分が情けなくなった。

武器を造る。それは、自分では何もできなかったという諦めから来る、他者への依存なのではないか。

星剣に対しての敗北を認めた『逃げ』なのではないかと。

ならば儂はこれ以上、自分の土俵から退いてはいけない。

武器屋としてできる全てを尽くすべきだ。

「儂は武器屋として、客に満足して欲しい」

まだ儂は、挑戦がしたいのだ。

「分かった。見せるよ。私の銃、シルバーイーグル」

弾倉より弾を抜き、拳銃をカウンターの上に出す。そこに弾倉と弾も並べられた。

それが二丁分。

「感謝する」

一つはシルバーに塗装された自動拳銃だ。

それを手に取り、感触を確かめると同時に内部構造を把握していく。

幾つかの合金の感触。それと炭素ベースの鋼。カーボンスチールと呼ばれるものだ。

特殊な細工は多くはなさそうだ。

戦闘中の役割としては、単純に鉛の弾丸を発射する為の装置でしかない。

「デザートイーグルっていう銃を、多少改造したもの、だって。一番使い易いから使ってる」

しかし、もう一丁の方、恐らく右手に持つであろう方は違う。

リボルバータイプのこの銃は、必要以上に重く造られている。

そして弾の種類も左右で異なっている。こちらの銃に装填される弾丸には、微弱だが魔力が流れている。

立花吟の異能力。それはダンジョンが出現する以前からのものであると巳夜が言っていたような気がする。

この弾丸は、その異能の発動に必要なものか、その異能を強化する為の道具なのだろう。

「こっちはダンジョンからの出土品。頑丈」

「これでダンジョンの魔獣と戦えるのか？」

「殆《ほとん》どの人は、銃の攻撃力じゃダンジョンで通用しない。でも、私はできる」

「なるほど。どういう力だ？」

「企業秘密」

「そうか」

分かったことがある。この娘の異能力は、高威力のものとそうでないものを使い分けることができる。

その為に、この二丁の拳銃が必要なのだ。

片方は、単純な牽制《けんせい》、制圧に使用する為の軽いもの。

片方は、破壊力を高める為に銃身と銃弾の耐久力を上げ、強力な異能に耐えられるような造りになっているという訳だ。

とはいえ、ダンジョンに持ち込む以上、軽い方でもそれなりの火力を出すことができるのだろうが。

「理解した」

「分解、しようか？　直せるし」

「いいや、理解したと言ったであろう」

「中身を見ないで、どうして構造が分かるの？」

「企業秘密だ」

「……そう」

銃の基本構造は調べれば分かる。

知りたかったのは立花吟という人物の特殊性。

彼女が有する異能の正体だ。

それを知らずして、武器を提供することはできない。今、武器を見ただけで全てを理解した訳ではないが、その性質は多少摑《つか》めた。

後は技術を磨き、発想を待つのみ。

「感謝する。お前さんに合ったものが完成した暁には、また声を掛けよう」

「うん。騎士団に電話して」

「了解した」

「それじゃあ。改めて、私の仲間を助けてくれて、ありがとう」

「まぁ、成り行きじゃよ」

「謙虚だね。それに強い」

強い……か。今の儂に言われてもな。

まぁ、それをこの娘に言っても詮《せん》なきこと。素直に受け取っておくとするか。

そう思い、感謝を口にしようとした。だがその前に、立花吟はその無機質な表情のまま、あまりに突然、あり得ない言葉を口走った。

「さすが、ダンジョンの主の同郷」

「……今、何と言った?」

「あっ。それじゃあ……」

そう言い残し、立花吟は儂の店を後にした。

儂と同郷の者など、ラディア一人しか居ないはずだ。

◆

「勇者って何なんだろうな……」

それは必要なものだった。

ずっと昔からそうだ。その剣を得た時から、その人生は決定されていた。

正義なんてよく分からない言葉をあると断言するように、そんな風に僕の人生は決定されていた。

魔王なんて名前の分かり易いラスボスが居たからそれを殺した。

そうするとどうしてか人同士の戦争が始まった。魔王という厄災が奪っていたものを他の国から奪おうと王様同士が争った。

村娘は、馬鹿げていると乾き切った笑みを浮かべた。
勇者は、正義を掲げて戦場に飛び出した。
僕はただ、星剣によってその戦火を威圧し続けた。

僕は信じていた。
彼はきっと、僕と一緒に来てくれる。
彼は僕と同じ、孤独を知っている人だから。
だからきっと、僕を一人にはしないはずだって。

自分勝手に、僕はそう信じていた……

でも、彼は付いてこなかった。
いや、違う。勝手に期待して、その通りにならなかったってだけの話だ。
全部、僕が原因で……僕の責任だ。彼は全く悪くない。
彼は結婚した。彼は子供を作った。彼には孫ができていた。

幸せそうな彼を、心配そうに声を掛けてくれる彼を、僕は見つめる。

彼の幸せを喜ぶべきだと、笑みを作って「おめでとう」と繰り返した。


本当は、一緒に来て欲しかった。

そんな言葉は、胸の奥にしか行き場はなかった。


結局最後まで僕は一人で戦っていて……最終的に、僕は世界から逃げ出した。

彼が帰ると言ったから、その世界に一緒に連れてきて貰った。

断られると思っていたけれど、彼は二つ返事で僕の同行を認めてくれた。


こっちの世界で、僕はしばらく旅をした。

色々なものを見て分かったことは、何処の世界でも戦いは終わらないってことだった。

僕の世界がそうだったように、こっちの世界でも戦争がある。

どれだけ表層が平和に見えていても、暴力は何処にでも存在していた。

ダンジョンというものを知ったのは、こっちに来て直《す》ぐだ。

勇者としての感覚が残っていたのだろう。ダンジョンで人が多く死んでいるという話を知って、
僕は一つのダンジョンを制覇した。

そうして『ダンジョン』と呼ばれるものの真実を知った。

この世界は危機に瀕《ひん》している。

その原因は、異界を渡り本来の星剣の力を失った僕には解決不可能なほど強大な相手だった。

だから制覇したダンジョンからその支配権を盗み、この島の領主と協力して都市を造った。

ダンジョンという特別な施設によって、僕以上の英雄を生み出す為に。


——リバベルは僕が所有するダンジョンであり、迷宮都市は僕が造り上げた島だ。


目を開けると、部屋の景色が瞳に映る。

キッチリと整頓された執務室。窓からは気持ちの良い日差しが差し込み、微風が僕の髪を揺らす。

待ち人は既にやってきていて、僕が目覚めるのを待っていたようだ。

彼女に僕は話しかける。

「悪いと思ってはいるんだよ。掃除押し付けてごめんね、吟ちゃん」

「問題ない」

僕の騎士が、迷宮都市最強が、静かにそう言った。

「問題がない？　負けかけたって聞いたけど？」

「でも、負けてない。彼等は貴女《あなた》の仕込み？」

「違うよ。彼等の他人を助けようとする意思は偶然だ」

彼女は異能が秘匿されていた時代から、その絶大な能力によって世界の危機を幾度も救ってきた実績を持つ。

けれどそれはもう昔の話だ。

十三年前、一つ目のダンジョンが現れた時、彼女の中にあった正義は崩れたらしい。

そんな中、少しでも人を救おうとダンジョンで活動していた彼女に僕は声を掛けた。

僕がやろうとしていることを語って聞かせた。

彼女の中には、今はもう正義はない。

けれど、正しくあろうと努力していて、今は僕の語った展望を最善と信じてくれている。

「今日、その時彼等と一緒に居たっていう貴女と同郷のお爺さんに会ってきた。相当、強そうだった」

「道実《みちざね》に会ったんだ。そうだね、彼は君より強いよ。何か余計なことは言っていないよね？」

「…………言った、かも」

「…………君、空気とか読めないもんね」

「大丈夫、邪魔されても勝てばいい」

「なんだいその理屈」

「昔の失敗で一つ分かったことがある。勝てないと、正義も何もない」

吟ちゃんのその物言いを聞いて、僕は吹き出した。

「んふっ、童心だね」

「それで、あの魔獣は何だったの？」

自分を笑った僕に対してさして関心も抱かず、事務的とも思える言葉を彼女は綴《つづ》る。

他者の悪意に鈍感で、どんな相手も救おうとする。立花吟は、そういう生き物だ。

「実験の失敗作だよ。まだ少しコントロールが難しくてね」

ダンジョンを維持、運営する為には幾つものルールが存在し、術式の操作には僕の脳ミソを超越した知識と技術が必要になっている。要するに迷宮管理は激ムズなのだ。

「先生《せんせい》が居ても大変なんだよ」

「犠牲はできる限り出したくない」

「分かっているよ。僕だって同じ気持ちだ」

それでも、試行錯誤は続けなければならない。

――この世界にも勇者は必要だから。

「まだ、協力してくれるかい？　副団長」

「うん。少なくとも、貴女は私より間違っていない」

「ありがとう」

◆

どうやらまだ、迷宮都市最強は僕の味方のようだ。

「お酒、得意ですか？」

「それなりに好きじゃよ」

「俺も得意だぜ」

「迅君は未成年なんだから飲んじゃ駄目でしょ」

「日本じゃねぇんだしいいじゃねぇか」

「迷宮都市でもお酒は二十歳からだよ。それに、病み上がりなんだから無理しないの」

いつも通りと言えるほどに、聞き慣れた減らず口をたたき合う二人はテーブルの対面に並んで座っている。

「お前だって動けるだけで怪我してんだろうが……」

ダンジョンへ入った日より二週間ほどが経過した今日、迅と巳夜の容態も戻り儂は見舞い以外で初めて彼等と顔を合わせていた。

「心配してくれてありがと。でも光鎧《こうがい》には弱いけど自己治癒の効果があるから私は殆ど万全なんだよ」

「ほんとかねぇ？」

ま、八割本当といったところかの。動きから察するに万全というほどではなさそうだ。

「ほんとだよ。っていうか……コホン！」

迅に言い返しながら咳払《せきばら》いを一つして、仕切り直すように巳夜はグラスを掲げた。

「それじゃあ無事に帰ってこられたお祝いとして、乾杯！」

「あぁ、乾杯」

「うむ、乾杯」

そんな二人と儂はグラスを交わした。ウイスキーとジントニックとオレンジジュース。

「今宵《こよい》はこんなジジイを誘ってくれて感謝しておるよ」

「それは勿論《もちろん》、久我さんのお陰で上手《うま》くいった訳ですし」

「祝勝会って奴さ。にしても、アンタやっぱり相当強かったんだな。ユーマ達に聞いたぜ」

「さてな、偶然上手くいっただけじゃよ」

儂がそう言うと、巳夜はクスリと、迅はニヤニヤと笑みを浮かべる。

「まぁ、これだけの特別な武器を造れる人ですから、普通の人とは思ってませんでしたよ。【オリジン】なのは確定ですし」

「オリジン？」

「はい、ダンジョンで得られる【アーツ】とは異なる異能を持つ方のことです。大昔から秘匿されていた『魔法』や『呪術』、『錬金術』とか『気』なんて呼ばれているものの総称ですね」

ダンジョンが現れ始めたのは十三、四年ほど前のことだ。儂が異世界より帰ってきたのが九年ほど前。

探索者《トラベラー》という職業は儂が戻って少しした辺りで急速に広まり始めた。

恐らく、この島というモデルケースが発展し経済的な価値を示したことで、他のダンジョンを所有する国々も探索者《トラベラー》という職業を一般化させ始めたのだろう。

「因《ちな》みに白地騎士団《ホワイトナイツ》の立花吟さんもオリジンですよ」

「ほう、あの娘もそうなのか」

「まぁ、アーツの方が迷宮都市では一般的な異能ですけどね」

「オリジンなんて数万人に一人かそれ以下だし、その中でもあの副団長の能力は別格だけどな。ていうかあの女のこと知ってたんだな」

「この前店に来て礼を言われた」

確かに、若さに反しあの娘の技術は一目見れば分かるほど卓越していた。

それはダンジョンの発生以前から精進していたということなのだろう。

幼少期からの研鑽。それがあの娘が『迷宮都市最強』と呼ばれる要因であるなら納得もできる。

「アーツというのは迅の使う技のことであろう？　よく叫んでおるしな」

「っく……あれはそうした方が、発動の感覚が摑みやすいからで……」

照れたようにそう言う迅を見て、巳夜がフォローするように言葉を引き継ぐ。

「あはは……【クイックアーツ】は直感的に使うものがほとんどだもんね」

「他にも種類があるのか？」

「はい。アーツは【アタックアーツ】【クイックアーツ】【バレットアーツ】【ガーディアーツ】の四つに分類されます」

「ほう」

「近接攻撃系、移動系、遠距離攻撃系、守護及び回復系ですね。ゴールド以上の探索者《トラベラー》は大体アーツを一つか二つは使えます」

「まぁ、持ってる種類が多いから強いって訳じゃねぇがな」

そう言えば、ユーマ達や柳も戦闘の最中にそのような技を使っていたような覚えがある。

「その力をどれだけ使い熟せているか、それと所持限界と適性値がそいつの探索者《トラベラー》としての腕前ってのが普通の考えだな」

「所持限界と適性のぉ……」

「はい。アーツを幾つ保有できるかは人によってばらばらなんです。それに適性が高い種類のアーツの方が使用に際しての疲労が少なくて済みます。恐らくその疲労は魔力消費のことですね。本質的には同じなので」

七球《しちきゅう》の杖殿《じょうでん》を使い熟す巳夜がそう言うのだから、それは正しい見解なのだろう。

この世界にも魔力の概念は存在する。それは秘匿されていた魔術師や錬金術師が存在するという話からも推察できる。

そしてダンジョンから得られる異能もまた魔力を使用して発動するのならば、ダンジョンの発生に関しても魔力は大きく関わっているはずだ。

「俺が得意なのはクイックアーツだ。次点でアタックアーツ。所持限界はまだ来てねぇな」

「適性は検査できるんです。私はバレットアーツの適性が一番高かったですね。この杖《つえ》があるのでアーツは持ってないですけど」

確かに、巳夜の魔術の方が迅や他の者が見せたアーツに比べて自由度がかなり高いように思う。

巳夜は母親の治療が可能な魔道具《アーティファクト》を求めているのだから、その為には金も必要だろう。アーツを得るより貯蓄の選択をするのに不思議はあるまい。

「なるほどな。アーツというものの概要は粗方《あらかた》理解した。だが巳夜、なんだかアーツの説明に誘導されたような気がするのだがな？」

「あ、バレてましたか……」

空いたグラスと入れ替わりで置かれた別の酒が入ったグラスに口を付けながら、巳夜が愛想笑いで答えた。

「話したいことでもあるのか？」

「はい。その為に、先にアーツの説明をしておいた方が良いと思いまして……」

「この前の進化種から、【アーツストーン】が採れたんだよ」

「アーツストーン……？」

「ダンジョンで得られる魔石の一種で、使用者はアーツを会得することができます。ダンジョンで得られる品の中でも最高の位置付けがされているレアアイテムですね」

そう言いながら、巳夜が鞄《かばん》から赤い石を取り出してテーブルに置いた。微弱だが魔力を感じる。

なるほど、話が少し見えてきた。

アーツストーンを得たは良いが使用を迷っているのだろう。

契約では今回の探索で得た品については儂にも所有権の一部があるということになっておるから。

しかしまぁ儂は、全くそのアーツというものを会得したいとは思わぬしな。

「好きに使って良いぞ」

「そう言うんじゃねぇかとは思ってたけどな」

「これだけ高額な品を何の分け前もなくというのは何というか……」

「別に気にせんでよい。そうだな、また素材が必要になった時には手を貸してくれ」

「それは勿論ですけど……」

「いいのかよ？　本当に」

「あぁ、探索者《トラベラー》ですらない儂には不要な品だ。それにこの前の探索では素材を幾らか稼がせて貰った。もっと言えば進化種を倒したのはお前さん達だ。儂が所有権を主張するのは道理が通らん」

そう言った儂に、迅は気が抜けたように頷いた。

「そんじゃあま、遠慮なく貰っとくとするか」

「ありがとうございます。久我さん」

「しかし、本当にそのような石コロで異能が得られるのか？　どのようにするのか興味があるな」

「私も実際に覚えるところ見たことないな。じゃあ迅君、使ってるところ見せて」

「俺が使うの確定かよ」

「だって私は魔術四つも使えるし必要ないよ。あ、おかわりください」

店員を呼びながら宴会の出し物感覚で強請《ねだ》る巳夜に迅はため息交じりに頷いた。

「はぁ、まぁ良いけどよ。売ったら大金だぜ？」

「大丈夫。迅君が強くなった方が沢山稼げるよ」

自信ありげにそう言った巳夜から迅は視線を逸《そ》らして「そうかい」と小さく呟く。

「じゃあ行くぜ」

迅はテーブルの上に置かれた石を手に取り。

――パリン。

それを握り壊した。しかし石の破片は酒にも料理にもテーブルにもかかることはなく、魔力となって空気中へ溶けるように消えていく。

「赤い石だったから【アタックアーツ】だろうな。何が得られるかは異能が身体に同調し切ってからじゃねぇと分からねぇ。ま、明日には馴染むだろ」

「楽しみじゃな」

「そうですね。……あ、おかわりください」

しかし、こうも簡単に異能を得ることができるとは異世界でもそうない技術だ。

それにダンジョンの方がそれを荒らす者達に利益となるようなものを産出するのも不思議だ。

やはり、この都市のダンジョンを造った者の目的は……

「どうした爺さん、難しい顔して」

「いいや、これだけ凄いものなら相当値打ちがあるのだろうなと」

「最低百万からだったような気がする。だから新人はこの石を手に入れるか買えるくらい貯金するのを最初の目標にしたりするな」

「迅君も最初はそうだったの？」

「まぁガキの頃の話だけどな」

「今でもガキじゃん」

巳夜が迅の頭をポンポンと叩《たた》いている。迅は特にそれを払わずオレンジジュースに口を付けながらそっぽを向いた。

その姿は姉弟《きょうだい》のようにも見えてくる。

「随分仲良くなったものじゃな。一度死にかけたからか？」

「あっ、つい」

「こいつ俺にゾッコンだかんな」

巳夜の拳が迅の頭に落ちた。

割かし大きな音がしたが、迅は余裕の表情で座っている。

「そんなことないし、顔しかカッコよくないもん。おかわり……」

「そらどうも。で、お前何杯目だ今」

「えっとぉ、五か六……七？」

そういえば、店員を忙《せわ》しなく呼んでいたような気がする。

がしかし、随分と速いペースだ。まぶたも若干重たくなっているように見える。

「悪いな爺さん、いつもこうなんだよ。潰れたら俺が背負って帰るから心配しないでくれ」

「そうなのか、まぁ酔い易いというのは得でもあるし良いのではないか」

「因みに、朝一で俺にありがとうとか言いながら殴り掛かってくるのがいつもの流れだ」

「それは中々に愉快な起床だな」

「酒は好きらしいんだが自分が酔い易いの知ってっから一人の時は禁酒してたんだと」

「それで爆発しとるという訳か。じゃが、それだけお前さんが信用されているということだろう」

「全く見る目のねぇ女だぜ」

眠そうに目を擦《こす》り始めた巳夜を見ながら、迅は静かにそう呟く。

「……お前さんも酔ったか？　まるで普段とは真逆の物言いのようじゃぞ？」

普段、この男は自信家だ。『できない』などという言葉は聞いたことがないし、強く、立派になろうとしていることは言葉の端々から感じている。

その迅にしては後ろ向きな物言いのように感じた。

「飲んでねぇのに酔う訳《わきゃ》ねぇだろ。なぁ、なんで俺と巳夜を組ませたんだ？」

「言ったはずだがな」

「人殺しと、今まで悪いことなんか一つもしたことないってな嬢様だぜ？　別に文句がある訳じゃねぇが、本当の理由が知りてぇな」

相性が良い。戦術が噛《か》み合い、互いの弱点を補える。確かに儂はそう思った。

けれど、それが表向きの理由なのだという自覚は確かにある。

「それは……そうさな……」

儂と同じようにはなって欲しくはなかったから……などと老人の戯言《たわごと》としてはありがちなフレー

ズが喉元まで出かかって、しかしその言葉を呑《の》み込んだ。

「儂は手放したことを、今でも後悔している。守り方をもっと知っておけば良かったと悔やんでいることがある」

きっと、迅にとって巳夜は儂にとってのラディアのような『救い』になるだろうと。

儂の直観がそう言ったのだ。

「そりゃなんの……」

「巳夜は危うい人間だ。善意の前に己の命を捧《ささ》げてしまうような愚かで優しい人間だ」

母親の為に命を擲《なげう》つことができる。

見ず知らずの人間の命を自身の命を賭しても守ろうとする。

誰かの死を……遠くの不幸を……他人の不遇を……汲《く》み取って、想像できてしまう。

白銀《しろがね》巳夜という人間は、昔のラディアにそっくりだ。

「きっとお前さんは、それに当てられる。眩《まぶ》しく、儚《はかな》く、遠く感じる。それでも助けなければならない。それでも追いかけなければならない。でなければ必ず後悔する。お前さんにそうさせるだけの資質が、巳夜にはある」

迅は儂の言を黙って聞く。

「だからそれは守らなくてはならないものなのだ。強い光に吐き気を感じ、伸ばす腕が重たく億劫《おっくう》に感じても、それでも手放せば必ず後悔する」

頭をラディアが埋め尽くしていく。

魔王を打倒した後、独りで旅立たせたこと。

彼奴《あやつ》一人に全てを背負わせたこと。

英雄、勇者と呼ばれていても、どれだけ強く感じていても、孤独に勝てる人間はいないのだと知っていたはずだ。

なのに儂は、彼奴《あやつ》を独りで行かせた。

「……そりゃ、アンタがそういう後悔をしたことがあるって話なのか？」

「見抜かれてしまったな……」

「急にそんな話をされちゃな……」

「歳を取ると嘘《うそ》が下手になっていかん」

「心配されなくても、俺はこいつを見捨てねぇ。別にこいつだからって訳じゃねぇけど、レスタの相棒として恥ずかしくない人間で居てぇから」

ラディアと旅をしていた頃の儂が持っていなかった矜持《プライド》を、迅は持っている。

自分自身の有り様を、迅は心に持っている。

「そうか。悪かったな、年寄りの説教を聞かせてしまった」

「そんな風には思ってねぇさ」

「大人だな」

「どう見てもそうだろ？」

気さくに迅は微笑《ほほえ》む。

「ひんきゅん……ガキ」

「お前最近生意気だなオイコラ」

蟀谷《こめかみ》を親指の先でグリグリと弄《いじ》られた巳夜が「うー」と声を上げている。

「う、吐きそう」

「おい馬鹿やめろ」

凄《すさ》まじい速さで酔いの回る巳夜と、それに絡まれて粗雑に怒鳴る迅。

それを見ているだけで、時間は瞬《また》く間に過ぎていった。

「俺の服で鼻かむのやめろやぁぁぁ！」

過ぎていった……

「悪かったな爺さん、痴態を見せた」

巳夜が熟睡していることを確認した迅は、儂に謝罪する。

「気にしておらんよ。中々楽しめた」

「俺はそろそろこいつを宿に運ぶとするよ」

「あぁ、この辺りがお開きには丁度良い時間じゃな」

店にある時計に目をやれば、電子時計は22:48を示していた。

儂にしてはかなり長く起きている部類だ。

「送ってやれなくて悪いな」

「女子《おなご》じゃあるまいし不要じゃよ」

「それじゃあまた」

「あぁ、いつでも店で待っておる」

金を置いて店を出ていく二人を眺めながら、儂は運ばれてきたビールに口を付ける。

「あちらのお客様からです」

「知っとるよ」

店員は一礼して、テーブルから離れていった。

代わりに、儂に対して奇妙な気配を漂わせながら、儂等を遠くの席から眺めていたその女が対面に腰を下ろす。

「やあ、道実。吟ちゃんが君に余計なことを言ったみたいだから確かめに来たんだ。ほら、僕達がルール無用で争うと島が危ないから」

「ラディア、お主は一体どうしたというのだ?」

赤ワインを口に含み、舌の上で転がすラディアは飲み終えた後に気さくに言った。

「君とお酒を飲むのはいつ振りだろうね」

「さてな。宴会や祝い事への参加などお主にとっては二の次三の次の用事であったからな」

「怒らないでよ。君の誕生日も、君の子供が生まれた日も、君の孫が生まれた日も……君が結婚式を挙げた日も僕は憶えているよ。お祝いが事後になったことは、悪いと思っている。けど、分かってくれるだろう?」

ラディアを一人で行かせた自分を思い出す儂は、こう答える他に選択肢を持っていない。

「あぁ、理解しておるよ」

「嬉しいよ。それじゃあ、最初の質問に答えたいんだけどさ、その前に一つ質問をさせて」

儂が頷くと、ラディアは微笑みながら問い掛ける。

「何処まで気が付いているの？」

その言葉は、儂にとってはもはや回答に近い。

儂が懸念とすることにラディアは関わっているのだと、その実質的な証拠だ。

「お主は念話を用いることで、どんな言語でも翻訳し伝心することができる」

「うん」

「この島のダンジョン【リバベル】の権能には、島全土に及ぶ強力な翻訳効果が含まれておる」

「そうだね」

「お主は亜空間を保有していて、その扱いに一日の長がある」

「その通りだ」

「ダンジョンとは、亜空間を用いた創造空間の形成及び出入りの術式だな」

「あぁ」

「勇者を探していると言っていたな？」

「そうだよ」

「少なくとも【リバベル】というダンジョンの構造は短期間に強者を生み出すことに優れている。その過酷な環境では頻繁に英雄が誕生し、その誰もが勇者に至る可能性を持つことだろう」

「僕もそう思う」

「お主と星剣があれば、ダンジョンを維持している未知の術式をも制御することが可能なのではないのか？」

「可能だね」

儂等は静かに言葉を交わし合って、言い終える。

聞きたいことはそれで全てだった。

いいや、本来は一言「お前がダンジョンの主なのか？」と、そう聞けばそれで良かった。

こうやって遠回しに喋《しゃべ》ったのは、真実を遠ざけようとしていたのだろう。

それでも、事実は事実で変化することはない。それがどれだけ受け入れ難い現実でも、受け入れる他に選択肢はない。

「何十人も死んだと、ニュースになっておったな」

痺れ縛り草《パラフレシア》という魔獣の上位個体。低階層に現れたそれは低ランクの探索者《トラベラー》を中心に何十人という死者を出した……

「死者十四人、重傷者二十八人、軽傷者八十六人……だよ」

それだけではないだろう。リバベルが原因で死した人間は数百倍、数千倍と居るはずだ。

もしかしたら、リバベル以外のダンジョンにもラディアは関わっているかもしれない。

その死者達の怨恨と、その死者達と懇意にしていた者達の恨みと絶望。

その全てが、ラディアという人間が原因で生じたのだとしたら。

「……儂の責任だな」

「そういう下らないことを言うから、君には言いたくなかったんだ」

「お主がこの世界に来ることを許したのは儂だ」

「でも君は、僕がやっていることを知らなかった」

「だからといって、連れてきた儂に罪がない訳もあるまい」

平行線だと、ラディアも儂も理解している。

その会話は、答えを求めて行ったものではなく、互いにただ言いたいことを言っただけ。

納得のいく回答など出ないと、初めから分かっていた問答だ。

「ラディア、お主が何の理由もなく数万人の命を奪うものを運用する訳がない。それでもだ、儂にはお主が許容できぬ」

ラディアは最初から言っていた。


【勇者を探している】


それが全てなのだろう。

けれど、そんな力を持つ者はこの星に存在せず、結論としてダンジョンという装置によって勇者を生み出すという選択をした。

勇者と呼べるような存在が必要なほどに、この星は困窮しているのだと悟る何かがあったのだろう。

そんな想いを感じ取り、理解して尚《なお》。

――勇者などという下らない肩書の為に、お主がこれ以上傷つく必要などあるものか。

儂は、納得できない。

「あぁ、君がそういう結論に至ることを僕は知っていた。そして次に言う言葉も予想できるし、その言葉に対して僕が言うべき答えは最初から決まっている」

きっとこの勇者は、その生き方を未来永劫《みらいえいごう》死ぬまでやめはしないだろう。

だからきっと誰かが終わらせてやらなければならない。

それだけが勇者に安寧を与える方法なのだ。

「ダンジョンを止めるか破壊しろ」

「悪いけど断るよ」

今この世界に……いやあの世界に生きる全ての者を合わせたとしても――

世界を救った勇者を殺してやれるのはたった一人。

――儂だけだ。

「ならば、儂はお主をこの世界に連れてきた者の務めとして、命を賭してでもお主を殺す」

「それじゃあ僕も、君を殺してでもダンジョンを守る他ないね」

事実上の敵対。宣戦布告。それが為された。

「明日、リバベルの最上階を開けて待っている。ダンジョンの主として、僕の持ち得る全ての力で迎え撃とう。君と僕の最初で最後の決戦だ」

「よかろう。迷宮都市最強でも星の剣でも好きに使え。それでも、生涯に存在する唯一の後悔を儂はここで清算し、全霊でお主を殺す」

「君を殺すのは胸が痛むよ。でもね、僕にはこの世界でやらなくちゃいけないことがあるんだ。本気で僕に勝てるとでも思っているならやってみなよ、お爺さん」

澄ました顔だ。揺れることの一切ない、前しか見ていない顔。

その表情は覚悟の表れなのだと、儂は知っている。

魔王に挑むその瞬間にも見た、戦慄するような微笑みを浮かべてラディアは言った。

「そうだね、待ち合わせは朝七時でいいかな？　嫌なことは早く終わらせよう」

「御意」

だから儂も、あの頃と同じ言葉を使って勇者へと頷いた。

第五章　ある所にジジイとババアがおりました。

「迅君《じん》……」

目を覚ましたらしい。

背中におぶった巳夜《みよ》が俺の名前を小さく呟《つぶや》く。

「起きたか」

「うん、ごめんね。また連れて帰らせちゃって」

「いつものことだ。気にすんな」

人通りの少ない夜道を通り、俺達《たち》はホテルに戻っていく。

こいつの人気を考えれば、こういう姿は見られないに越したことはない。

少し遠回りにはなるが、酔いの醒《さ》め始めたこいつとの会話はそんなに悪いものじゃない。

「私達さ、いつになったらあの人にお礼できるのかな……」

久我《くが》道実《みちざね》。職業武器屋。歳《とし》は低く見積もっても八十歳以上。

分かってんのはそんくらいだ。

何者で、来歴はどうで、何処《どこ》であんな武器の造り方を覚えたのか、全く不明。

剣術の腕も超一流で相当戦い慣れている。

そんな爺《じい》さんに俺も巳夜も救われた。

大恩を感じていて、その恩を返したいと強く考えている。

だが、今のあの爺さんに俺達を必要とする用事はなさそうだ。

「いつか、って考えとくしかねぇだろ今は」

まだ、俺達は弱い。あの爺さんにも、ラディアにも、立花吟《たちばなぎん》にも及ばない。

「お前も俺も、このままで居る気なんかサラサラねぇんだから」

巳夜は小さく笑って答えた。

「そうだね。いつかもっと強くなって、ちゃんと恩を返そうね」

それが俺達の共通点。俺達が探索者《トラベラー》をやってる共通の理由。

そういう意味じゃチームワークは悪くねぇのかもしれねぇなと、そんなことを思った自分が恥ずかしくて、巳夜が顔を乗せる肩と逆を向いた。

「ねぇ、見てよ。満月だよ」

その指が向けられた場所を俺は巳夜と一緒に見る。

「あぁ、そうだな」

夜風が髪を揺らし、月が俺達の顔を照らす。

視界の端に入った巳夜を見てると、その目が俺の目と合って、お互いに逸《そ》らした。

「うぅ。なんか今日寒いね……」

「そうか？　いつもとそう変わんねぇぞ」

「嘘《うそ》……あ、上着忘れてきた……」

「は？　お前そんなの持ってたか？」

「夜冷えそうだから鞄《かばん》に入れてたの。それでお店で膝掛けの代わりに……」

あぁ……背負った時にテーブルの下に落としたのか。気ぃ付かなかった。

「私取ってくるよ。下ろして」

「いや、気が付かなかったのは俺だしな。このまま行くぞ」

「一人で行けるよ？」

「酔っ払いなんだから黙って背負われとけって」

いつもの調子だと何か反論してくるかとも思ったが、巳夜は素直に頷《うなず》いた。

「……うん、ありがと」

調子が狂う。思った言葉は口には出さず、俺は店に戻った。


出たのはほんの五分前くらいだから、別の客もまだ座ってねぇだろ。

そう思って店に戻ると何故《なぜ》かラディアが居た。爺さんの対面に座って真面目な顔で話してる。

試験の時に会った後は、爺さんの所に行くと偶《たま》にひょっこり現れるから知人ってくらいの仲だ。

基本的にふざけた面《つら》をしてるあの女があんな顔をしてるのは珍しい。

「ラディアさんだね。あんな真面目な顔初めて見た」

「俺も。てか入り難《にき》ぃな」

「だね。話終わるまで待ってよっか？」

「そうだな」

俺達は別の席に座って、話が終わるのを待つことにした。

普段なら俺や巳夜の視線に気が付きそうな二人だが、爺さんもラディアもまるでお互いの所作を警戒するように集中していて、俺達のことに気が付いている様子はなかった。

別に、わざとじゃなかった。

ただ、座ってぼーっと会話を見てたら口の動きが目に入ってて、反射的にその内容を読み取ってた。嫌な癖だ。

『ならば、儂《わし》はお主をこの世界に連れてきた者の務めとして、命を賭してでもお主を殺す』

『それじゃあ僕も、君を殺してでもダンジョンを守る他ないね』

『明日、リバベルの最上階を開けて待っている。ダンジョンの主として、僕の持ち得る全ての力で迎え撃とう。君と僕の最初で最後の決戦だ』

『よかろう。迷宮都市最強でも星の剣でも好きに使え。それでも、生涯に存在する唯一の後悔を儂はここで清算し、全霊でお主を殺す』

『君を殺すのは胸が痛むよ。でもね、僕にはこの世界でやらなくちゃいけないことがあるんだ。本気で僕に勝てるとでも思っているならやってみなよ、お爺さん』

そんな会話が見えちまった。

会話の内容を理解していないはずの巳夜は、二人を見て不安げに呟く。

「なんだか二人とも辛《つら》そう」

「なぁ巳夜……」

「何、迅君?」

「もし、ラディアがダンジョンを造った奴《やつ》だったら、どうする?」

「……なに、その質問」

眉を顰《ひそ》めて、咎《とが》めるような表情で巳夜は俺に聞き直す。

「例えばの話だ。いいから答えろよ」

「別にどうもしないよ。普通に今まで通り」

「ま、だよな」

ダンジョンが危ない場所だなんてことは、ガキでも知ってる話だ。

もしそれを知らずに入って死んだ奴が居ても、そりゃ馬鹿が知識不足で死んだだけ。自業自得だ。

利権とか、政治とか、経済とか、正義とか、そういう小難しい話は知らねぇが、少なくとも探索者《トラベラー》にとってダンジョンってのはそういう場所だ。

「でも、もしそうなら、ラディアさんは大変だね」

「どういう意味だ?」

「だって、利益の為《ため》に勝手に来た人がそこで殺されて、それだけなのにその親とか友達に恨まれる訳でしょ?」

「……はっ、人が死んで『それだけ』かよ。らしくねぇな」

「別に、人が死ぬことを良いことだとは思ってないよ。私だって死ぬかもって自覚してない人がダンジョンに入ろうとしてたら止めるし、ダンジョンの中で死にそうな人を見かければ助ける。でも、その人が決めて自分の意思で入ったのなら、最終的に死んだとしても自分の意思の範疇《はんちゅう》だよ」

俺達は自分の意思で勝手気ままにダンジョンに入る。

その旨味《うまみ》も危険性も把握し承知して、それでも中へ入ろうと思ったから入ってる。

死ぬかもしれないと知っていて入り、それで死んだら恨むべきは自分だ。

そう考えれば、確かに巳夜の言うことは合ってるのかもしれねぇ。

「それで、どうするの？」

「どうするって、何が？」

「今言ったこと、本当のことなんでしょ？」

「…………冗談だ」

「迅君の冗談は、もう少し面白いよ」

俺も焼きが回ったもんだ。巳夜なんかに見抜かれちまうなんて。

「あの二人は戦おうとしてる、本気で殺し合おうとしてる。ラディアがダンジョンの主だから、爺さんはラディアのやってることを止めようとしてるから」

「……大変な話だね。それで、迅君はどうするの？」

こいつにも思うところはあるだろう。

それでも俺に聞いてくんのは、一人でやるか二人でやるかの確認でしかないんだろう。

でも、俺はこいつのそういう他人に期待しないところが嫌いじゃねぇし、聞かれたなら答えを出さなきゃいけねぇ。

「俺はそこそこ女好きなんだよ」

「……いや、知らないけど」

「後輩……みてぇなモンか。俺より二個くらい年下で、同業者だから化粧も巧《うま》くて面《つら》も良かった。先輩先輩ってことあるごとに寄ってきやがって、まぁまぁ懐かれてた」

視界の端に見えた巳夜の目は、俺の目をジッと見つめていた。

巳夜は静かに俺の言葉を待っている。

「俺はそいつを置いてきた。そいつに何も言わずに出ていった。結果、毒が塗りたくられたナイフをプレゼントされたよ」

何もしなかった結果、俺には後悔が残った。

「相談の一つでもしてみるべきだったのかもな」

「そっか……」

巳夜はそう小さく呟いただけだった。

「俺にとっては、その後輩も爺さんも同じさ……」

爺さんは後悔があると言った。

俺には後悔するなと言った。手を伸ばせと、そう言った。

それは、爺さんにも俺にとっての巳夜《こいつ》みたいな奴が居て、それを手放すなって意味だったんだろう。

だったら……俺が後悔しない為には……

「やっぱりあの爺さんに辛い思いはして欲しくねぇな……」

そう言うと、巳夜も同意するように頷く。

「あの爺さんは基本的に温厚な人間だ」

「ラディアさんだってそうだよ。私に探索者《トラベラー》の心得を教えてくれた優しい人」

「なのに、あの二人は争おうとしてる。それが後悔を払拭する方法だって本気で信じてんだよ」

俺が抱いているのはガキみたいな感想で、俺には分からない壮大なものがあの二人にはあるのかもしれない。

でも――

「俺は、――あの二人が争うことが正しいことだとはどうしても思えねぇ」

「そうだね。傍《はた》から見てるだけでも、あの二人は凄《すご》く仲がいいって分かる」

意を決した表情で、巳夜は言う。

「ラディアさんも久我さんも私の恩人。どっちにも死んで欲しくないよ」

「あぁ、それが俺達の結論だ」

「それじゃあ、迅君が盗み聞きした話を詳しく教えて。しっかり準備して、ちゃんとしよう。きっとあの二人はめちゃくちゃ強いよ」

清々《すがすが》しいほど当然のように、巳夜は俺の提案に頷いて協力しようとする。

こいつは本当に、俺とは違う善人なんだろう。

「あぁ、そうだな」

俺は巳夜とは違う。善人じゃない。利己的で手前勝手な人間だ。

だから、手を出す。

爺さんとラディアの間にある問題なんか考慮せず突撃する。

俺にはそれしかできねぇ。

◆

迷宮№3『リバベル』九十九階ゲート前。

「邪魔はなかったね」

「あぁ、迷宮都市最強がラディアの仲間ってのは二人の口振りから分かってはいたが、ダンジョン内を警備してる白地騎士団《ホワイトナイツ》からの邪魔はなかった」

「ということは、ラディアさんと組んでるのはあくまで立花《たちばなぎん》さん一人だけで他の騎士は知らされてないってことだね」

「だろうな。で、酔いと眠気と調子はどうだよ？」

「どっちも醒めたよ。大丈夫」

時間は午前六時三十分。爺さんより早く来る必要があったが、準備もあってこの時間になった。

俺も巳夜も寝てねぇが、泊まりでダンジョンに入ることもあるのが探索者《トラベラー》だ。徹夜程度で支障はない。

「それじゃあ行くか」

「うん」

そう言って『俺達』はダンジョンの中へ入った。


薄暗い一本道。左右と後方は石が積み重なったような壁で塞がれ、歩みを進めることができそうな方向は前方のみ。

左右後方は転移地点から三十メートルほどの距離が存在し、天井まで数十メートルはありそうだから巨大な魔獣が現れても万全な戦闘になるだろう。

地面は土で踏ん張りは利く。灯《あか》りに関しても等間隔にランタンが並んでいて視界も問題ない。環境的に人間の踏破を阻む造りって訳じゃなさそうだ。

これまでのリバベルの傾向的には階層が上がるほど自然環境も過酷なものになってきていたが、最上階は例外らしい。

それにこれで確定した。

リバベルは上の階層に行く為に下の階層で条件を満たしていく必要がある。だが俺達は、九十九階層どころか五十階層にも入ったことがない。

条件を満たしていないはずの最上階に俺達が入れている時点で、ラディアがダンジョンの創設者かその人物に関係のある人間であり、今日の戦いのためにこの階層を開放したことは間違いないって訳だ。

「……予想外。いや、予想外」

そう呟きながら、その女は俺達の前方の闇よりゆっくりと歩いて現れた。

黄金の髪を靡《なび》かせ、整ったその顔をこてりと傾《かし》げる。

この都市でその女の名前を知らない人間は居ないだろう。

迷宮都市最強と呼ばれる、白地騎士団《ホワイトナイツ》の副団長。

「立花吟……ま、外に居ねぇんだから中に居るに決まってるよな」

「お久しぶりです、立花さん」

「ジン・ウォードに白銀《しろがね》巳夜だったよね。この前は協力してくれてありがとう。それで、何しに来たの？」

「悪いが諸事情だ、この先に進ませて貰《もら》う」

俺がその言葉を口に出した瞬間、身の毛のよだつような殺気が『俺達』を射貫《いぬ》く。

「──だめ」

だが、その殺気の濃度も圧力もラディアには及ばない。耐えられる。

俺は嗤《わら》って立花吟に言い返した。

「うるせぇよ。いいから退《ど》きやがれ、三下」

「立花さん、貴女《あなた》の相手は別に用意してきました」

俺達より一瞬遅れて、そいつ等《ら》は転移してきていた。

それでも黙っていたのは、俺達から聞いていた話が事実であると理解するのに少しの時間を要したからだろう。

「どうしてですか？　どうして、誰も攻略したことがないはずの最上階が開いていて、貴女がそこを守ってるんですか!?　なぁ、答えてくれよ、副団長！」

声を震わせながら『ユーマ』は叫んだ。

その様子を見ながら、ユーマの仲間の騎士達も不安と疑念に満ちた目で立花を睨《にら》みつける。

一瞬、ユーマ達を見た立花の瞳が震えた。

しかしその揺れは直《す》ぐに収まり、堂々とした表情へ変わる。

「それが、最善だから」

「説明してください」

「無理」

「だったら、無理矢理聞き出す！」

「それも無理。君達じゃ私には勝てない」

言い切る立花の顔には、確固たる自信が浮かんでいた。

「じゃあユーマ、後は頼む」

「今更ですけど、巻き込んでごめんなさい」

「俺は事情を教えてくれたことに感謝してる。俺はこの人に憧れて騎士になったんだから、その人が悪いことをしてるなら止めるのは白地騎士団《ホワイトナイツ》の仕事だ。先へ行ってくれ」

ユーマには全てを話した。

ラディアのこと。爺さんのこと。そして俺達のやろうとしていること。

賛同を得られて助かった。正直、立花が居なくても俺達の勝ち目は薄い。

だから少なくともこいつをラディアから引き剝がすことは最低条件。

これでやっとちゃんと向き合える舞台を整えることができた。

「行かせると思う？」

俺と巳夜が立花の守る奥への移動を始めたのを見て、その銃がホルスターより引き抜かれる。

銃口が俺達を向く。

「テメェは自分の騎士共を嘗《な》めすぎなんだよ。だから頼れもしねぇ」

副団長という立場を使えば、白地騎士団《ホワイトナイツ》を騙《だま》して如何様《いかよう》にでもここを守らせることができたはずだ。

だが、この女はそうしなかった。

自分の行動に罪悪感でもあるのか、もしくはハナから騎士団を信用していないのか。

だがそれは、自分の強さに対する驕《おご》りでしかない。

「【フレイム】」

青い炎を纏《まと》う銃弾が発射された。

「くっ！」

しかしその銃弾は、俺達と立花の間に割り込んだユーマの盾に受け止められ威力を殺される。

「【嵐突《らんとつ》】」

側面に回り込んだハイネより風を纏って放たれた刺突は距離の概念を無視し、数十メートルを越えて立花に飛んでいった。

「いっけっ！」

更に風の弾丸を追うようにオーバースローで放たれた手裏剣が『巨大化』して立花へ迫る。

「【シールド】」

立花が風の弾丸を半透明の結界で防ぎ、手裏剣を飛び退《の》いて回避する。

「今っ！」

その着地点で待つのは短剣を構え回り込んでいたキュレーという短剣使い。

「【ブースト】」

後方に居たキュレーに対し身体《からだ》を捻《ひね》り、踵《かかと》による回し蹴りを腹に命中させ吹き飛ばす。

しかし、吹き飛んだ場所にあったキュレーの姿は影が溶けるように消えていった。

「流石《さすが》に、初手で取らせてくれるような甘い相手ではないですね」

細剣で風を放ったハイネと巨大な手裏剣を投擲《とうてき》したマリの横から、影のような色合いを持つ王冠を頭に載せたキュレーが顔を覗《のぞ》かせる。

「すごいね」

「どっちが？」

「どっちもだよ」

そんな会話をしながら、俺達は立花が守っていた通路の奥へ進んでいく。

一連の動作で分かったことは二つ。

立花の異能の多彩さと、それを使った戦闘術の練度と精度。

そして、聞いてはいたがユーマ達が爺さんから買ったという装備の強さ。

俺はどちらの力の底も知らないが、長年異能を使っている立花は経験値で勝っていて、ユーマ達は人数と奇策で勝っている。

もうどっちが勝つかは、後になってみねぇと分からねぇ。

もしもの時の保険は用意しているが使わないに越したことはないからな。

「気張ってくれよ」


数十分走っても通路の終わりはやってこなかった。

ラディアがダンジョンを造ったのだとすれば、もしかすると改築もできるのかもしれない。

なら、この地形の持つ意味は立花と自分の距離を離すこと。

もしも爺さんが立花を倒した場合、その時は邪魔されない場所で単身同士戦えるように。

もしかするとそれは……あの迷宮都市最強すらも、自分達の戦いに巻き込まないようにする配慮なのかもしれない。

爺さんは立花に勝っても殺したりしないだろうしな。

だとしたら……どんだけ強ぇんだよテメェ等。笑っちまう。

「ははっ」

「どうしたの？　迅君？」

「いや、もうそろそろいいだろ」

「うん、そうだね。もうすぐ久我さんが約束してた時間だ。そろそろ来るよ」

俺はその場に止《とど》まり、身体を反転させる。

「そっちは任せたぜ」

「そっちも頑張って」

巳夜はそう言い残して走り去っていった。

この階層は一本道。爺さんが来るなら必ず同じ道を通る。

なら爺さんとラディアを戦わせない為に俺達ができるのは、出会う前に両方の足を止めること。

「来いよ、爺さん」

◆

意味が分からぬ。

ラディアとの約束の場に来てみれば、そこでは立花吟とユーマ達が戦っていた。

儂を見たユーマは気にせず先に行けと言ったのでその通りにした。

立花吟もユーマ達も、相手を殺す気がないことは一目で分かった。

あれはただの『喧嘩《けんか》』だった。ならば儂が間に入る理由はないだろう。

「しかし、もっと分からん」

迷宮の最上階、そこにあった一本道を奥へと儂は進んだ。

進むと、その通路を塞ぐように一人の男が現れた。全く予想だにしていなかった人物が。

「何故、お前さんがここに居《お》る？」

その男は、いつも通りの獰猛《どうもう》な表情とギラついた瞳を儂へと向け、威嚇するように口を開く。

「後悔しねぇ為さ」

「後悔……？」

「昨日、巳夜が酒場に忘れ物をしちまってな。戻ったらアンタとラディアが神妙な面で話してたんで、悪いが盗み聞きしちまった」

「それでこの場を嗅ぎつけたという訳か。しかしその顔、儂の手助けに来たという訳でもあるまい？」

「なぁ、アンタが昔後悔した相手ってのは、ラディアのことなのか？」

察しの良い小僧だ。あの会話を聞いただけでそこまで及ぶか。

「そうだ」

短くそう答える。嘘を言っても仕方がない。

それに、全てバレたとしても儂のやるべきことは変わらない。

「じゃあ、やっぱり俺はここでアンタを止める。ここで行かせたら、アンタは絶対に後悔しちまうに決まってる」

「……知った風な口を叩《たた》くではないか、小僧」

敵対するのなら、それがたとえこの男だとしても……関係ない。

儂はこれからラディアを斬る。それこそが儂の生涯に残された唯一の——後悔だからだ。

勇者を止める為……勇者以上の英雄を生む為……

それを叶《かな》えられる武器を造ることに生涯を捧《ささ》げるつもりだった。

しかし、今を生きるお前達を見て、未《いま》だ現役を名乗る柳《やなぎ》の存在を知って、儂はただ逃げていただけなのだと思い知った。

己の目的は己《おの》が手で達成するべきだった。

——勇者《ラディア》を終わらせる。それが儂の使命で、それができるのは儂だけだ。

腰に携えた刀を抜く。黒い刀身に光が反射して、迅の顔を紫に照らす。

それを見て、相手もまた儂と相対すべく短刀を抜く。

「先に言っておく。誰でも、誰が相手でも、勝機が全くの無になることはない。しかし、『貴様』が儂に勝利する可能性は、一振りで百の賽《さい》の目を揃《そろ》えることより少ないと知れ」

認識は改めた。此奴《こやつ》は儂の目的を阻む敵であると理解した。

「それでも向かってくるか？」

「あぁ、最初から口先だけでアンタが止まってくれるとは思ってねぇさ」

迅の足に雷が纏わりついていく。あの技だ。

世界の理《ことわり》を捻《ね》じ曲げ、瞬く間の移動を実現する加速の術式。

「クイックアーツ【アクセル】！」

劇的な瞬発力を得て、速さに任せた斬撃《ざんげき》が儂に向かって突撃する。

しかし、ただ速いだけの攻撃など恐るるに足らず。

何故なら貴様のその技は――

「青すぎる……【雷切《らいきり》】」

刺し貫いたのは胴の真ん中。刺し抜いて引き抜いた。

鮮血が宙を舞い、その身体は地面に吸い込まれるように崩れ落ちた。

内臓は避けたがそれでも出血は多い。立ち上がったところで命は数分も保《も》たぬだろう。

その状態で戦い続ければ、如何《いか》に探索者《トラベラー》といえども調子も体力も長くは保つまい。

「速度が如何に優れていても、向かってくる方向が一つなら対処は容易。儂の勝ちだ。そのまま寝ておけ」

地面に倒れ伏した迅を眺めながら、儂は奥へ向かって踏み出した。

◆

強すぎる。

率直にそれがこの場にいる副団長以外全員の感想だろう。

だって、おかしいだろうが。俺達は四人で、相手は一人。

それなのになんで敵《アンタ》は悠然と佇《たたず》んで、俺達は全員が地べたに倒れてんだよ。

「白地騎士団《ホワイトナイツ》迷宮調査部第六部隊。ユーマ、マリ、キュレー、ハイネ。君達に、勝ち目はない」

白い制服に身を包み、副団長だけが持つ銀色の腕章が右腕を彩っている。

黄金の髪は清浄を示すようにサラサラでわずかな汚れもない。

「これが最強……」

分かっていた。

アンタが負けたところなんか一度だって見たことがない。

戦場にアンタがいるなら、アンタが味方する陣営が勝利する。

故に最強。だからこそ、アンタは俺達全員の憧憬《しょうけい》を一身に集めている。

そんなアンタを尊敬していた。そんなアンタを信じてた。

「俺達の仕事はダンジョン内及び迷宮都市内の治安を守り、全ての探索者《トラベラー》の活動をサポートし、探索をできる限り安全に行わせることです……」

「そうだね」

「じゃあその大敵とつるんでるってのはどういう了見ですか？」

「それが今の私の正義だから」

「貴女がそこまで言うんだから何か理由はあるんでしょう。でもなんでそれを俺達に秘密にするんですか？　全部言ってくれればいいじゃないですか！」

俺の糾弾に、副団長は目を瞑《つぶ》って答えた。

「言っても、意味がない。強くないと……正しさなんて意味がない」

そうか。そうだよな。俺達はアンタに比べたら数にも入れられないほど弱いんだろう。

迷宮都市最強。ダンジョンができる以前から、幼少の頃から、正義の味方として活躍していた実績を持ち、聞いた話では地球の危機を救ったことすらあるらしい。

強さは全探索者《トラベラー》の中で最強。三種の異能を有し、その全てを高い練度と圧倒的な経験量から最適に放ってくる。

そんな人間に、俺達なんかが頼って欲しいなんて、烏滸《おこ》がましい話なのかもしれない。

「そうですか……」

けど……悔しいモンは悔しいぜ。

アンタに憧れて、アンタと同じように人を助けたいと思ったんだ。

だから、きっと俺達はここで沈んでちゃ駄目なんだ。

「お前等、まだ立てるよな？」

「当たり……前でしょ……！　まだまだ！」

「うん、まだ僕等は負けてない」

「うん……うん……うん！」

やっぱり、こいつ等は最高の仲間だ。

「悪いけど副団長。それなら俺達は、全力でアンタに実力を認めて貰う他ねぇ」

「そっか。そうだね。私も通した三人を早く追わなきゃいけない。次で決めよう」

拳銃が構えられ、例えようのない威圧感が襲い来る。

あの人の力は三つ。強化を司《つかさど》るブースト。炎を操るフレイム。盾を生み出すシールド。

強さの根底にあるのは、その三つの技の使いどころと組み合わせだ。

だったら……

「キュレー」

「うん、パターンは憶えた」

キュレーは俺達の参謀だ。

こいつには才能がある。

周囲を見渡す才能。人を分析する才能。戦術を組み立てる才能。

だが、俺の部隊に入るまでキュレーは別の部隊で落ち零《こぼ》れだった。

こいつは若すぎた。体格も並み以下、武芸が卓越している訳でもない。

だから誰もキュレーの意見を聞かなかった。その意見を正しいと思えなかった。

だが、俺達の中にキュレーへの不信感など微塵《みじん》もない。キュレーの頭脳に何度も救われた。その経験を共有しているから。

「ハイネとユーマが二人で前衛。攻撃はハイネ、防御はユーマ、二人はそれだけに集中して」

「分かった！」

「了解」

迷いはない。俺とハイネは各々の武器を構えて前に出る。

キュレーの指示通り俺は剣を仕舞い、盾に両手を添えた。

「【フレイム】」

青い炎の宿る弾丸が放たれるが、それは俺の盾で受け切る。

盾の陰より飛び出したハイネのレイピアが風を生み出し、副団長を狙う。

「【シールド】」

「アタックアーツ【ダブルピアス】！」

疾風の二連撃は、副団長が展開した半透明なガラスのような結界に阻まれる。

「【ブースト】」

副団長の強化された右足のハイキックがハイネを狙う。

だが、防御に専念している俺はその予備動作を見逃さない。

「下がれハイネ！」

言いながら盾を構えて飛び出し、キックを盾で受け止める。

人間の身体がぶつかったとは思えない衝撃と重い音を感じ、俺の足は数十センチ後方へ滑る。

「ここだ」

「アタックアーツ【ストレングス】！」

マリが異能の名を叫んだ時には、既にそれは投擲されている。

身体が大きく、筋肉も人より付きやすい体質で、日本という国で求められてきた女性の在り方とは……『大和撫子《やまとなでしこ》』とはかけ離れた特性をコンプレックスに感じながらマリは生きてきた。

けれど、今やそれは俺達にとって掛け替えのない『切り札』となっている。

極大手裏剣。その特性は投擲時に込められた力に比例してサイズを巨大化させること。マリの全力なら、その最大サイズは直径六十センチに及ぶ。

それは俺達の中で文句なしの最大攻撃力を生む。

巨大な手裏剣が、副団長を襲い――

「不足」

小さく呟かれたその言葉と同時に、副団長の腕が手裏剣を摑《つか》み取った。

ピタリと運動量がゼロへ転換し、水平方向に高速回転していた手裏剣が完全に停止する。

嘘だろ……つうか、物理的におかしいだろ……

「まだですよ」

停止した手裏剣、小柄で体重も軽いキュレーはその上に乗っていた。

速度を失い縮み始めた手裏剣の上を、短剣を構えたキュレーが走り抜け——

「【双影《ふたつかげ》】」

その身体が二つに分裂する。それが久我さんから買った武器『影の冠』の効果。

影の冠の特性は、自分の影を独立する兵士として召喚すること。

その影はキュレーと同等の能力を持っている。

「クイックアーツ【ラビット】！」

二手に分かれたキュレーと分身が、副団長の後ろと左を取って挟撃する。

「副団長、貴女は同じ異能を同時に一つしか使えない」

俺の盾には未だ副団長が放った青い炎が残留している。

身体強化を使ってることは手裏剣を止めたことから見ても明らか。

シールドもハイネの連撃を防ぐ為に、俺とハイネが居る方向に張られている。

「っ……」

副団長は手裏剣とは逆方向を振り向き、二丁目の銃口を向けた。

「冠を被《かぶ》ってるのが、本物」

「ぐっ！」

拳銃程度の威力なら、探索者《トラベラー》は大してダメージを受けない。

アーツを得る以外にもダンジョンに入り魔獣を倒しているだけで、探索者《トラベラー》の身体能力は向上する。

しかし、ゼロ距離で滞空中を狙われればその限りではない。

弾丸はキュレーの肩に命中し、勢いのままキュレーの身体が後ろへ跳ぶ。

「でも、分身の一撃はどうするんです？」

「耐える」

冠を被っていない、分身の方のキュレーの短剣が副団長の横腹を突き刺す。

しかし、できるのはそこまで。即座に強化された腕によって分身の顔が殴りつけられ、肘打ちで腕の骨が折られる。キュレーの分身の手が副団長を刺す短剣から離れた。

「これで終わり。異能を張り直すだけ」

息をつくと同時に出たその言葉に、俺達のエースは不愉快そうに眉を顰める。

「まだ」

ハイネは、絶対的な技術力と戦闘勘を持っている。

騎士団にもそうそう居ない突出した近接戦闘能力を有しながら、度胸がなく不安を感じやすい性格をしていた。

それ故に誰からも信用されず、背中を預けるに値しない存在と思われていた。

だが、何度も共に苦難を乗り越えた俺達は知っている。

ハイネは、仲間がピンチの時には率先して最前線に突入できる勇敢な人間だと。

「クイックアーツ【ステップ】」

短距離限定で加速する技《アーツ》をハイネは発動する。

その移動先は、キュレーの分身の後ろ。

側面に移動したことでシールドの影響は受けない。

しかもキュレーの身体がレイピアの軌道と重なったことで攻撃が来る方向が読めていない。

分身のキュレーごと貫いて、風を纏った刺突は副団長へと迫った。

「参ったよ」

取った。決まった。勝った。きっと、俺達全員がそう思った。


「シールド×ブースト＝【アーマー】」

半透明の結界に、副団長の身体が覆われた。

ガキィィイン。


ハイネの風を纏ったレイピアが副団長の胸を下から抉《えぐ》るような軌道で滑るが、結界に阻まれたレイピアは音を立ててハイネの身体と一緒に副団長の後方へ流れていく。

「同一の異能を同時に一つしか使えない訳じゃない。ただ、同時に使える異能の数には限りがあるから使わないだけ」

そう言いながら、シールドを纏った拳でハイネの背を殴りつける。

「そんな……」

ハイネが地面に叩きつけられた運動量だけで地面が凹《へこ》む。

たった一撃でハイネの意識は落ちた。

「副団長の異能は三つ、ですよね……？」

血が溢《あふ》れる肩を押さえながらキュレーはそう問う。

「そう」

「じゃあ同時に使える異能の数が三つ以上ならなんで最初から使わなかったんですか？　何の為に枠を余らせておく必要があるんですか？」

「癖みたいなもの。いつでもそれを使えるようにする為に枠はできる限り余らせる」

「それ、って……？」

「異能の複合」

これが副団長の……迷宮都市最強の神髄だった……

反則にもほどがある。三つの異能をここまでの練度で使えるだけであり得ない強さなんだ。

異能を複合できるなら異能の種類は三つどころじゃない。

そもそも、複合技なんて今まで騎士団に居て見たことがない。

つまり迷宮都市で起こるような事件を解決する程度なら、副団長は本気を出す必要すらなかったってことだ。

「浮いた貴女から取る」

その視線がマリを向く。

「えっ？」

「ブースト×フレイム＝【ジェット】」

青い爆炎が足裏から一瞬見えたような……

気がした時には、既に副団長はマリの目前に居た。

「やめろ！」

俺が守備なんだ。俺が皆を守るんだ。走れ。追い付け。

「【フレイム】」

青い炎を纏う弾丸の三連射。盾で弾《はじ》くが、その弾丸には通常とは比べ物にならない威力が込められていて、断続的な衝撃が俺の足を一々止める。

間に合わねぇ……

「っの！」

マリの力任せの蹴りを副団長は冷静に掻《か》い潜《くぐ》り、空いた腹に拳が突き刺さる。

「これで二人」

倒れたマリを寝かせ、直ぐに視線をキュレーに向ける。

「待てよ！　俺を見ろ！」

「ブースト×フレイム＝【ノックアウト】」

強化された拳に青い炎が纏わりついて、俺の盾にその拳がぶつかった瞬間――爆《は》ぜる。

身体が浮いて、視界が回転しながら、防具と盾を含めたら余裕で百五十キロ以上あるはずの俺の身体が壁に叩きつけられるまで吹き飛んだ。

クソ……立て、直ぐに立て。じゃねぇとキュレーが！

「もう終わったよ」

気絶し抱えられたキュレーも、床に寝かされる。

「なんでだ……クソ……俺はなんでこんなに……！」

マリも、キュレーも、ハイネも、俺には優秀すぎる仲間だ。

皆才能を持っていて、俺を慕ってくれている。

なのに俺は、俺だけが、守ることすらできちゃいない。

「誇っていい。白地騎士団《ホワイトナイツ》で一番強い部隊でも、私が複合を使う必要はない。ジンの言った通りだった、私は君達を侮っていた。ごめん」

俺はただ副団長を睨みつける。

まだ、戦いは終わっちゃいない。

負けが確定したとしても、諦める訳にはいかねぇ。

俺は『騎士』だ。

「だから、これが終わった後、きっと君達には話すよ。私が何をしているのか。でも今は、先に行った三人を止めるから——眠って」

青い炎が副団長の胸の前で揺蕩《たゆた》う。

「フレイム×——」

その炎は膨れ上がっていく。

「フレイム×フレイム×フレイム」

蒼《あお》さが暗闇を照らしていく。

「×シールド」

炎が結界によって包まれた。そのまま莫大《ばくだい》な熱量が小さく圧縮されていく。

青い炎が宿るビー玉のようなそれが副団長の胸の前で止まり、副団長は普段の自動拳銃とは違うリボルバーのような形状の拳銃をその玉に密着させる。

銃口は玉の奥にいる俺を向いていた。

「君を認める。だから、私の最大威力を使う。大丈夫、何度も私の攻撃を防いだその盾なら、きっと死にはしない」

憧れが、俺の目を直視して、そう言った。

「＝【蒼龍の抜穴《サファイアドラグーン》】」

目に映る全てを——青く燃ゆる炎龍が覆い尽くした。

「ううううおおああああああああああああああああああああああああああああ！！！！！！！！！！！！！」

圧倒的で巨大すぎるその攻撃は、俺に回避を許さなかった。

身体が熱い。喉が焼ける。身体が焦げていくのを感じる。

それでも盾を持つ手だけは離さぬようにグッと堪《こら》え、炎龍が通り過ぎるのをただ待つ。

無限にも感じたその苦痛の時間が終わった頃、俺の身体には既に立つ為の力すら残っていなかった。

パタリ――と軽い音がして、それが自分から出た音であることに数瞬遅れて気が付いた。

俺は今、倒れているのか？　それすら確認できない。

目が開かない。息が真面《まとも》にできない。痛みも熱さも、匂いも音も、何も感じない。

「だ……な……り？」

「わ……か……わ……きゅ……」

そんな声が聞こえたような気がした。

声？　鼓膜なんて焼け切れてんだぞ。そんなもん聞こえる訳……

そう思った矢先、身体が一気に楽になった。

「なん……だ……？」

「もう喋《しゃべ》ることまでできようとは、流石あの御仁から頂いた薬じゃな」

その長弓を携えた老人を俺は知っている。

「もう一度聞く。誰？　なんのつもり？」

「儂はしがない弓兵であり探索者《トラベラー》、名は柳亨《とおる》じゃ。ここへ来たのは、ある少年と少女に恩人の救済の手伝いを頼まれたから。そして、その目的に共感したからじゃな」

よく見れば、副団長が左腕を押さえていた。

その上腕には一本の矢が突き刺さっている。

ドクドクと血を滴らせる副団長の目が細められていた。

「気配を消すのは上手《うま》いね」

「最強と名高い貴様に褒められるとは恐縮じゃ。しかし、貴様の意識を完全に引きつけたこの者こそが儂の一矢の立役者よ」

柳亭。俺でも知ってるような名の知れた男だ。まさかミスリルランクの探索者《トラベラー》が、味方なのか……？

「それでユーマとやら、身体の調子はどうじゃ？」

「見ての通り、ボロボロです。けど、まだやれます！」

立ち上がろうとする俺を柳亭は手で制した。

「無理をするな。これより先は儂が受け持とう」

「でも……」

「たった一人で、私に勝てる？」

そうだ。副団長は強い。

たとえキュレーが与えた傷があっても。

たとえ矢が片腕を射貫いていたとしても。

迷宮都市最強の名は、伊達《だて》じゃない。

「あぁ、思っとらんよ。この老骨では貴様の相手は荷が勝ちすぎる。じゃからユーマとやら、貴殿の持つあの名工の逸品を……盾の力を儂に寄こせ」

「アンタ……俺の盾の力を知ってるのか……？」

「あぁ、ジンという小僧から聞いた。先の戦では使った様子もその力が輝く機会もなかったようじゃからな。まだ残っとるんじゃろう？」

作戦を聞いた時にあの二人には話したからな。ってことは、この人もあの二人の仕込みか。

そしてこの人の言う通りだ。確かに俺が久我さんから貰った『通練《つうれん》の陽盾《ひじゅん》』に宿る力は、まだ解放されていない。

「分かりました。貴方に賭けます」

「うむ、任されたぞ騎士殿」

俺の盾にあるのは並み外れた頑丈さだけじゃない。

頑丈さは、この力を発動する為の性質《パーツ》の一つでしかない。

まだこの盾には反撃の一手が残っている。

「【機死塊生《きしかいせい》】！」

通練の陽盾から溢れた光の奔流は、柳さんに吸い込まれていく。

「これが貴殿の力じゃな。騎士としてこれほど相応《ふさわ》しく、そして強い力はないであろう。あの御仁が造り、そして選んだだけのことはある」

この盾には俺以外の対象一人の身体能力を強化する力が込められている。

そして、その強化の度合いはこの盾が受けたダメージに比例して大きくなっていく。

「行くぞ」

「いいよ」

弓が引かれる。

振り向いて柳さんが放った二本の矢は、副団長とは全く関係のない左右へ飛んでいった。

……何やってんだこの人!?

最後に真面に放った正面の矢は、「【シールド】」と呟いた副団長の結界に阻まれる。

「そうなるに決まってる……」

「まぁ見ておれ」

柳さんがそう言った瞬間、最初に放った二本の矢が軌道を変えた。

その二本の矢は結界を掻い潜り、副団長へと迫る。

「【ブースト】」

弧を描くような軌道で挟み込むように飛来した矢を、副団長は後ろに跳んで回避する。

「っ!」

「なんで」

矢が、もう一度曲がった。

「くっ」

左太腿《ひだりふともも》と右腕を掠《かす》め、矢は地面に刺さる。

「何なんですかあの矢……」

「理屈は知らんが、あの矢は生きておるようじゃ。一矢目であの娘の血の匂いと味を憶えた。最早《もはや》、我が弓術の精度に関係なく、矢はただあの娘を追い続ける」

そう言いながら、更に柳さんは弓を引いていく。

放たれた矢は、吸い寄せられるように副団長に向かう。

「ッ……【ブースト】」

回避を試みるが、柳さんの速射によってどんどん増えていく矢に囲まれる。

何より、単純に副団長の回避速度より矢の飛来する速度の方が上だ。

避けきれない。

「【シールド】！」

半球状の結界が、全ての方向から飛来する矢を受け止める。

「あんなの……全方位の完全防御じゃないか」

「いや、もしそうならもっと早く多用しておったはずだ」

結界に四方八方から矢が突き刺さる。

すると、無敵と思われた結界が初めてヒビ割れた。

「あの結界には合計の強度に限界がある。広く守ればそれだけ強い箇所と弱い箇所に分かれる訳じゃ。ならば全方位から攻撃すれば、何処かは崩れる」

言行一致。副団長の結界のヒビが穴と呼べるほど大きく割れた。

ヒビは急速に広がり結界に穴を開ける。

「すげぇ……あの副団長を圧倒してる……」

「貴殿の力のお陰だ。感覚が、肉体が、全盛を取り戻しているような……いやそれ以上の感覚がある。弓を引く力、矢を放つ速度、全ての動きの柔軟性がさっきまでの儂とは格別。じゃがまぁ……圧倒は言いすぎじゃな」

「シールド×シールド＝【キャッスル】」

大量の六角形の小さな結界が、副団長を取り囲む。

その数は一つや二つじゃない。数十、数百とあり得ない速度で増殖していく。

その一つ一つは矢の威力を殺せる最低限の耐久力しか持っていないが、それで十分なのだ。

次の矢が飛来する前に、数多《あまた》の結界が展開され、どれかがそれを防ぎ切る。

「素晴らしい対応能力であるな、迷宮都市最強」

「そちらこそ、本当にミスリル？」

「何、貴様の部下が優秀ということじゃよ」

互いに一歩も引かない。

弓の連射は止まらず、結界の生成も止まらない。

お互いの攻守が打ち消し合って、戦況は停滞していた。

なのに、悠々と話を続ける両者にはどことなく余裕が感じられた。

両者共に、俺には届かない高みに居るのだろう。

「このまま行けば、勝つのは儂のようじゃが？」

「……どうかな」

「無理をするな。儂の矢の特性は『吸血』じゃ。貴様は儂の矢を三本受けた。更に腹部、左上腕、左太腿、右腕の傷からだらだらと血が流れ続けている。失血で気絶するのはそう遠い話ではないじゃろう。死ぬ前に病院へ向かい止血と輸血をした方が良いと思うんじゃがな？」

「よく喋るね。貴方の矢が尽きる方が先」

「悪いがこの矢は、この筒の能力で形成・創造されたものじゃ。儂の気力が保つ限り、尽きることはない」

「……そんな訳」

「あるさ。何度も見たであろう。この者達の武器の性能を。一般に知られる武器とも、ダンジョンより産出される素材で造られた装備とも全く違う稀有《けう》な特性を持つ、とある老人の逸品の驚異的な力を。この筒もその先達の一品じゃよ」

「久我、道実……」

「話が早いな。そういうことじゃ！」

話している間にも、無数の矢が無数の結界に命中し両者の威力を殺していく。

その間、副団長が動かないのは、キャッスルと呼んだあの領域から外に出ると矢に穿《うが》たれるからだろう。

「どうじゃ、ここらで手打ちとせぬか？」

「何を言っているの？」

「今の貴様が奥へ行っても大した戦力にはならぬ。そもそも小娘に小僧、そしてこのような老骨に阻まれるような計略ならば端《はな》から成功の見込みはなかったという話じゃろう。貴様なら誰よりも分かっているはずじゃ。弱者には、正義も意地も吠《ほ》える権利すら存在せぬと」

「……」

副団長は口を閉ざし、ジッと柳さんに視線を合わせた。

考えているのだ。どうするべきなのか。誰よりも正しい『最善』だったあの副団長が。

「私は……たとえ天から大岩が降ってきたとしても揺るがないような、そんな正義を探したい。でも、今の私はまだ、揺らいでる」

「貴様の騎士達は見るに値しなかったか？　貴様の騎士達の言葉は聞くに値しなかったか？」

「……そんなこと、ない。大勢の為に少数を切り捨てる、それが最善だという確信は確かにない」

「ならば……！」

「だから、もし次で終わらせられなかったら、ラディアに任せる」

「なるほど、よかろう。来い！」

「ブースト×ブースト×キャッスル《シールド×シールド》＝」

利那——副団長の身体が掻き消える。

「【エアウォーク】！」

空中だ。その軌道の残像だけをかろうじて俺の目は映す。

空中に設置された六角形の結界を足場にして、三次元軌道で加速しながらフェイントを幾重にも交えて柳さんへと迫っている。

俺の反射神経なんてとうに超えて、その姿が完全に掻き消えた。

バキッッッ！

という音は、遅れてやってきた。

「見えてた？」

柳さんの左腕が、副団長のハイキックを完全に受け止めている。

「見えとらんよ」

腕から湯気を出しながら、柳さんは地面を数歩分滑った。

しかし、それだけだ。モロに受けていたら首が捥《も》げてもおかしくなかった一撃。

それを、たったそれだけの被害で済ませたのだから防御は完璧に成功していると言っていいだろう。

「じゃあなんで？」

「貴様のブーストとやら、それは効果の範囲と規模を限定するほど強力になる。あの機動力を得るには足と脳に範囲を限定し、反射神経と速度、そして体の強度に効果を限定せねばなるまい。じゃから、貴様が使うのは足技だけということが分かる」

「それだけ？」

「問題は、貴様が向かってくる角度じゃ。四方の何処から来るかを当てれば両腕で防御は可能。しかし、後方からの攻撃はあるまい。その角度で儂が吹き飛べばこの騎士が巻き込まれる」

俺を庇《かば》って……？

「前と左右のみなら、動きは見えずとも配置された結界の位置で予測できる。ならば、そこから逆算して最も蹴りを放ちやすい配置の結界が存在する方向、つまり左からが正解じゃ」

「まだ、私が上中下段のどの蹴りを選ぶか分からないはず」

「勘じゃ。上段を腕、中段を足で守った。下段が来たなら儂の軸足が粉砕され、吹き飛んだ後に戦闘不能となっておったじゃろう」

よく見れば柳さんの片足が上がっている。

「まぁしかし……」

バキリと嫌な音が響く。インパクトからかなり遅れて、柳さんの腕が半ばから折れ曲がった。

「全く見事な蹴りよ」

「ありがと」

けど、柳さんが蹴りを受け止めたんだ。これで終わりだ。

「これで、もう弓は使えないね」

「あ――」

我ながら間抜けな声が漏れたものだと思う。

何故か俺はその可能性を、『継戦』を頭から消していた。

「フン、この都市中の若者から善人と称《たた》えられ憧憬を寄せられる貴様が、一度放った己の言葉を利己的な理由で曲げるというのならやってみるがよい」

「……はぁ、年寄りは皆口が上手い」

「それが年の功という奴じゃ」

副団長は俺に視線を移して、名前を呼ぶ。

「立てる？　ユーマ」

「た、立てます……！」

「焼いてごめん。皆を運ぶの、手伝って？　これが終わったら君達には全部話す」

「副団長……勝手したのに許してくれるんですか？」

「仮に、私が君の立場なら同じことをするだろうから」

「それは、一番嬉《うれ》しいっす」

「……？　そう」

全く意味の分かってなさそうな顔で副団長は頷く。

この人は、俺達の憧れなんかには興味がないんだろう。

ずっと、どんな状況下でも、一人でなんとでもしてしまうような人だ。

だからこそ、その負担を少しでも軽くできるような騎士になりたいと思うのだ。

「ラディア、後は任せる。貴女の正しさを見せて」

皆を担ぎ、転移門の前でそう呟いて、副団長はリバベルを後にした。

◆

「予想していなかったよ。僕の前にやってくるのが君だなんてね」

私を見下ろして……ラディアさんは、つまらなそうに呟いた。

「でも、一つ質問があるんだけれど。——何をしに来たの？」

地面に這《は》いつくばる私に、お腹《なか》を押さえて蹲《うずくま》る私に、咳《せ》き込《こ》みながら胃液を垂れ流す私に。

ラディアさんは、心底冷え切った声色で問い掛ける。

「私は……ラディアさんに感謝してるんです……」

「そうなんだ。どういたしまして」

「探索者《トラベラー》に必要な基礎を教えてくれて、久我さんのお店を教えてくれて……」

私がここに居るのは、迅君がそう決めたからじゃない。

もし迅君がここに来ないという選択をしたとしても、私はきっとラディアさんと久我さんを止めに来ていた。

私にとっては二人とも恩人で、善人で……大切な人だから。

「だから、私は二人が争うのを見ていられません」

久我さんを止めただけじゃ二人の争いは終わらない。

ラディアさんにも久我さんと決着をつけようとしていた節がある。

だから私は迅君と別れてラディアさんを止めに来たんだ。

なのに……

「君に感想文の提出なんて求めた覚えはないよ。これは僕と彼の問題で、大切な決着で結末なんだ。君はその想《おも》いを踏みにじっているし、子供みたいな単純な愚考で僕等の邪魔をしているのは明白で迷惑だ。だからね……」

私の前に立つラディアさんの右足が引かれ、私が押さえる腹を思い切り蹴り飛ばす。

「カッハッ……！」

強い衝撃と共に身体が宙に浮き上がり、そのまま私は地面を跳ね飛んだ。

「僕は今、怒っているんだ。君を殺さない程度に痛めつけることなんか、簡単にできちゃうくらい」

その言葉を聞いて、自然と笑みが零れた。

「嬉しいです。やっぱり、貴女は優しい人ですよラディアさん」

「煩《うるさ》いよ……」

ツカツカと靴音を鳴らし、ラディアさんは転がる私へ近づいてくる。

「君と僕の力の差は歴然だ。君には願いを叶える力はないし、願う権利すらない。大人の真面目な話に、子供が口を挟んじゃいけないんだよ」

「いつっ………」

私の髪が摑まれ、上体が持ち上げられる。

千切れないように、髪を摑むラディアさんの手と自分の髪を押さえて、されるがまま。

「君にものを教えたのは僕が君を利用する為だ。君に武器屋を教えたのは彼の考えを探る為だ」

「んっ……!?」

髪を掴んだまま私のお腹を、ラディアさんは殴りつける。

「僕は君を大切になんて思っていないし、君が生きていても死んでいてもどっちだって構わない」

「っ……っ……!」

手足を、腹を、腰を、胸を、肩を、何度も繰り返し殴打する。

「殺さないのは、ただ勿体《もったい》ないから。せっかく手間をかけた人間を殺すのは損だから」

「ひゅ……」

笛のような音が自分の口から出ているなと、そんなどうでも良い感想が頭に浮かぶ。

「えへ……なんで顔、殴らない……ですか?」

「黙れよ」

拳が、私の鼻っ柱を圧《へ》し折った。

「貴女は優しい人です。骨も内臓も無事……死ぬ可能性は尽《ことごと》く排除されていて、ずっと私の身体の安全を考えながら壊してくれてる。外見が多少汚れる程度でラディアさんが悩まずに済むのなら、好きにしてください」

「何を言っているんだよ……お前……」

この人のこんなに引き攣《つ》った顔は初めて見た。

「ラディアさんの方が私なんかよりよっぽど分かってるんじゃないんですか?」

「何が？」

「死んだ人とは二度と話せないんですよ？」

お父さんと最後に話せたのはもう何年も前で、とっくに声は思い出せない。

言われたことも、一緒に過ごした思い出も、もうとっくにその大半を忘れている。

もっと話したいと、忘れたくないと、どれだけ願ってもその願いは叶わない。

否応《いやおう》なく、思い出はかすれていく。

それが『死ぬ』ということだ。

「もう久我さんと話したいことはないんですか？　一緒にしたいことは何も残ってないんですか？　そんなことないはずです。そんな訳ないはずなんです。だって、久我さんと話している時のラディアさんはあんなに楽しそうだったじゃないですか！」

血と鼻水と涙と涎《よだれ》の混ざった飛沫《ひまつ》をラディアさんに飛ばしながら、私は叫んだ。

それが私の思いの丈の全部だ。

「……あぁ、うん、そうだね」

辛そうに眉間に皺《しわ》を寄せて、ラディアさんは何度も頷く。

「僕は正直、君を嘗めていた。それこそが君の才覚だ」

「ラディアさん……」

「でもね、彼は僕と一緒には来てくれなかったんだ。いや、勘違いしないで欲しいんだけど、だから殺すなんて可愛《かわい》げのある理由じゃないよ。ただ、彼が僕の邪魔をするから……殺すしかないんだ」

「なんで……」

「実は僕《ぼく》、異世界から来た勇者なんだよ。この世界は今、未曽有《みぞう》の危機に見舞われていて、そんな危機を勇者は放っておけない。百の為に九十九を斬り殺す。それが伝説の剣に示された、勇者の在り方なんだから」

そのままラディアさんは私の摑んでいた頭を投げ捨てた。

土の上を滑ったことで手足の擦り傷が増えていく。

滑りながらラディアさんの言葉を理解しようとしたけど、正直ほとんど意味が分からなかった。

異世界から来た、勇者……

ってなんだろ……ちょっとよく分からないや。

けど、こんなに辛そうに語るラディアさんの言葉が嘘な訳がない。

「危機ってなんですか？」

「ダンジョンなんてものが存在する状況が、平和的な訳はないよ」

「それが、久我さんを殺す理由になるんですか？」

「彼を殺さないと世界が救えないのなら、そうするしかないでしょ？」

「ラディアさんにとって久我さんは、本当にその程度の相手なんですか？」

凍《い》てつくような眼光が、私を射貫いた。

私の綴《つづ》る言葉に対して、ラディアさんは怒りを露《あら》わにする。

その姿は勇者なんて呼ばれるものじゃ絶対になかった。

「知った風なことを言うなよ……」

少なくとも私には、普通に可憐《かれん》な少女にしか見えない。

「僕は道実を、心の底から愛しているよ……！」

ラディアさんは悲しそうに叫び、私の身体を思い切り蹴り飛ばす。

「それでも……どれだけ愛《いと》しく思っていても……僕にとって一番大事なことは、一人でも多くの人の不幸を排除することだ。だから、その為なら僕は──彼でも君でも殺せるさ」

パラパラと服に付いた砂利が落ちていく中、私の口から消え入りそうな声が零れた……

「ぁぁ………」

その声は涙と一緒に零れた。

「今さら痛みがやってきたかい？　そりゃそうか、当たり前だよ……それは人間として当然の機能だ。身体を何度も殴られて、鼻を叩き折られて、絶対に勝てないと理解して、痛みに喘《あえ》ぎ涙を流すその様は生物の根源的な──」

「嬉しいです」

言葉も表情も動きも……まるで世界ごと停止してしまったかのように、ラディアさんは微動だにしなかった。

「ラディアさんは久我さんを嫌いになった訳じゃないんですね。だったら絶対、仲直りできるはずです！」

嬉しい。嬉しくてたまらない。これなら元に戻れる。また皆で一緒に……

「……はは、そっか」

顔を押さえながら乾き切った笑みを漏らす。

「ただ選ばれただけの偽物でしかない僕が、君という存在の気持ち悪さを認めてあげる。君は僕の後釜にこれ以上ないくらいに相応しい」

本当に良かった。ラディアさんは久我さんを愛しているのだと本人の口から聞けたことが。

だったらもう、お節介でも邪魔でも構わない。必ずまた皆で笑う。

「ラディアさん……」

杖《つえ》を地面に突き立てて、身体を起こす。

「君の言葉は凄く立派だ。まるで童心に返ったようだよ。それと同時に、白紙の手紙と同じくらいに気味が悪い。でも正義感だけじゃ、幾ら狂気染みていたって世界は動かせない。君の世界は君の行動と君以外の反応が生み出すものだ。そして、今の君の行動範囲に僕の反応を変えられる要素はない。本当に残念なことだけど、信念と言葉だけじゃ世界は平和になったりしないんだ」

無知な子供を大人が諭すような、優しい声だった。

私なんかよりずっと冷静で、ずっと俯瞰的《ふかんてき》で、ずっと責任感に満ちた人。

だからこそ、もっと我儘《わがまま》になって欲しいと思った。

「方法は幾つも考えたんです」

「方法……何の？」

「けどやっぱり、予想通りに、いや予想以上にラディアさんは強くて、本気すら今の私は引き出せない」

「何か策を思いついたってこと？」

ラディアさんは以前から久我さんと戦おうとしていた節がある。

いつか久我さんに「どうして迷宮都市に支店を出したんですか」と聞いた時、ラディアさんに勧められたと教えて貰った。

おかしいよね。久我さんがこの都市の真実を、ラディアさんのやっていることを知ったらこうなることは予想できてたはずなのに……なのに、わざわざラディアさんはこの都市に久我さんを招いた。

私には、その理由は一つしか思いつかない。

「ラディアさんは久我さんに止めて欲しかったんじゃないですか？　この都市に久我さんを連れてきたのは貴女なんでしょう？」

私がそう言うとラディアさんは眉を寄せて、悔しそうに下を向く。

「…………」

勇者というのが何なのかはよく分からない。

けどそれが役割や職業のようなものなら、その仕事を果たすという責任感が話の発端なのかもしれない。

でもそんなの……たかが仕事の責任で、愛しているとまで言う相手の命を奪おうとするなんて……そんなのはおかしい……！

ラディアさんも本当はそんな下らない責任から逃げたかったから、久我さんをこの都市に連れてきたのかもしれない。

だったら……！

「久我さんの代わりに私がラディアさんを倒して、仕事よりプライベートを大事にするべきなんだって分かって貰う！」

「英雄でもない君達は自己を優先した結果として世界が脱線したとしても、誰かに責任転嫁していればいい。大丈夫、僕が君達の代わりに解決してあげるから」

間違っていても構わない。

きっとこの力はこの時の為にあったんだ。

だってこんな偶然ある訳ない。こんな直前で、こんな力に目覚めるなんて奇跡が。

「策は一つ。全霊だけです！」

魔力を杖に込め始めると同時に、ラディアさんの表情が驚きに変わる。

「それってまさか……君は、この短期間でそれに至ったっていうの……？」

「――真名《しんめい》呼識《こしき》」

痺れ縛り草《パラフレシア》の進化種との戦闘の最中に聴こえた声。

それが『誰』だったのか、ようやく分かった。

病院で瞑想《めいそう》と魔力操作を繰り返し、何度も呼びかけて名前を教えて貰ったから。

私の杖が爆発的な魔力の膨張と共に、真の姿をこの場に晒《さら》す。

「七球《しちきゆう》の杖殿《じようでん》【八眷《はちけん》】」

◆

「どういうことだ？」

「どうしたよ爺さん？　幽霊でも見たようなツラして」

俺は傷一つない身体で立ち上がり、爺さんを煽《あお》った。

「儂は確かに貴様を斬った。貴様は失血し、地面に伏した。仮に、立ち上がったことは火事場の馬鹿力と納得しよう。しかし、切り裂いた肉と服、流れた血とその染みまでもが、まるでなかったことのように奇麗サッパリ消え去っておる。一体、どういうことだ？」

「俺の武器はアンタが造ったんだぜ？　こいつの力をアンタが知らねぇ訳ねぇだろ」

「貴様……まさか……」

貴様……ね。嫌われたんだろうな。

まぁ、どっちでもいいか。

ここまで爺さんの邪魔をしておいて、その後はまた仲直りなんて都合のいい話はねぇだろう。

この一件が終わったら、爺さんとの縁も終わり。

そうなればレスタのメンテナンスも万全にはできなくなる。

戦いに使えるのはこれが最後かもしれねぇ。

けど、それで全く問題ねぇ。この人に貰った幸せを返せんなら、何にも悪いことなんかねぇ。

「言ったはずだぜ、俺はアンタを止めるってな」

「その力、本物というのなら今一度見せてみるが良い！」

黒い刀に黄金の雷撃を纏い、その斬撃が俺を捉えんと振るわれる。

それに合わせて俺は加速する。

クイックアーツ＝アクセル。この技がさっき破られたのは俺の動きが直線的すぎたからだ。

なら、今度は曲がって――

「【雷切】」

「ガッ！」

俺の右肩から左の腰にかけて、袈裟懸《けさが》けに斬られて血が噴き出た。

嘘だろ……斬撃が全く見えねぇ……

力が加わったと思った瞬間、既に刃は俺の身体を通りすぎた後だった。

「単純すぎる、失敗した時の対策すらも。……間違いなく致命傷じゃよ」

確かに、このまま放置すれば俺は数秒で死ぬだろう。

「――真名呼識」

だが……

「まさか本当に、たった半年で武器の名を……！」

「――付喪《つくも》の短刀【逆風《さかかぜ》】」

名を呼べば、武器《あいぼう》はその力でもって俺の思いに応えてくれる。

レスタの本当の名を知ったのはつい最近のことだ。

入院してた時に、レスタからその名前を教えて貰った。

『本当はまだジン様には早い力でございます。しかし、きっとジン様はこの先も無理をするのでしょう。だから、本当に危機となった時にのみ私の真名をお呼びください。まだ本領には程遠い、限りのある力ではございますが、貴方の声に私は全力で応えましょう』

悲しそうな声色で、渋々といった様子で、レスタは俺にその力をくれた。

だから、もっと使ってくれと太鼓判を押されるくらい、俺は精進していくつもりだった。

けど、こうなっちまったら仕方ねぇな。最初で最後の大一番、今ここで極めてやる。

「逆風《こいつ》の力は【再起晩成《RE:スタート》】。こいつを使うことで、俺の肉体は過去の決められた時点に戻ることができる」

互いに向き直り、互いの武器を構え直す。

「アンタを倒すのは百個のサイコロを揃えることより難しいんだっけか？　だったら、何千回でも何万回でも振り直してやるよ。アンタが諦めるまでな」

立ち上がった俺を爺さんは目を逸らさずに見つめている。

「まさか、半年と少しでその神髄をものにする人間がいようとはな。才能……というのはちと失礼か。貴様の人生は、それほどまでに過酷で、素晴らしいものだったということなのだろう」

そんな物言いを聞いて思い返したのは、クソみたいな思い出と、それを払拭してくれるほどの今の幸福だった。

「かもな」

「だがそれでも、――今はまだ、老いた儂にすら及ぶべからず」

「だとしても、俺はアンタを止めるさ。何をしてでも」

「どうしようもなく強情な男よ。どうしてそこまで儂に構う？　貴様には関係のない話だろう。それに、ラディアの行いは今この瞬間にも被害を生むようなものなのだぞ？」

「知ってるさ」

ラディアがダンジョンで何かやってること。

けど、それしか知らねぇ。何をやろうとしてんのか。なんでそんなことをしねぇといけねぇのか。

俺は……何も知らねぇ。

「…………俺なんかが考え付くことなんざ、アンタは全部分かった上でやってんだろ。きっとそこにはどうしようもねぇ理由があって、俺達がやってることなんざいい迷惑なのかもしれねぇ」

「では何故《なにゆえ》に、儂を阻む？」

「嫌なんだよ。あの時間《ひととき》が消えるのは……」

俺がそう言うと、爺さんは嬉しそうに笑った。

「……然様《さよう》か、儂もだ」

そう言いながら、それでも尚《なお》……

眉間に皺を寄せた爺さんは、心底辛そうな顔で黒い刀を振り上げた。

◇

「よぉ爺さん。いつも通り頼むよ」

俺はいつも通りレスタを取り出してカウンターの上に置く。

「こんにちは久我さん。私もお願いします」

巳夜も同じように杖を出す。

「点検と修理だな。何か違和感や要望はないか？」

「俺は大丈夫だ。いつも爺さんのメンテナンスは完璧で助かってるよ」

「私もです。使い心地に問題は全くないです」

「ふわぁ、おはよう二人とも～。朝から頑張っているねぇ～」

寝惚《ねぼ》け眼《まなこ》を擦《こす》りながら、ラディアが店に顔を見せる。

「ラディアさんは相変わらず朝が辛そうですね」

「まだパジャマじゃねぇか、着替えてこいよ」

「だって折角君達が来たんだし、やっぱり顔くらい見ておかないと」

「いつでも暇しておるではないか」

「ねぇ、人を怠け者みたいに言わないでよ！　僕だって色々忙しいんだから！」

「…………そうじゃな、お主の言う通りじゃ」

「なっ、信じてないね！　その目、『何を馬鹿なことを言っとるんじゃ此奴』って目だもん！　くそう、今度君が大事にしてる高級お茶パック一回で二個使ってやる！」

「今日もいい天気だね」

「あぁ、そうだな」

出して貰った緑茶を啜《すす》りながら、俺と巳夜は普段通りの二人の様子を眺めている。

「そう言えば、二人ってどういうご関係なんですか？」

「え？　僕と道実の関係？」

「一言で表すのはちと難しいな」

「そう？　昔からの知り合いとかそんなところじゃない？」

「でも、同居されてるんですよね？　それに凄く仲良しじゃないですか。でも親子とか祖父と孫っていう感じはしないんですよね」

「恋人とかか？」

「やっぱりそう見えちゃう？　付き合いの長さって奴かな」

照れるように頭を掻いて、ラディアは笑う。

爺さんも分かり易《やす》く照れ隠しに明後日《あさって》の方を向いていた。

「それかあれじゃね？　最近流行《はや》りのパパ活」

「失礼だよ」

「そこまで若く見える？　流石僕」

「ぱぱかつ……なんじゃそれは？」

首を傾げて爺さんは巳夜にその意味を聞くが、照れた巳夜は俺を叱るように見てくる。

「迅君……？」

悪かったたって。睨むなよ。

「まぁ、ただの友人じゃよ。……古くからのな」

「君と僕がただのぉ～？」

「付き合いの長ぇ友達で、しかも同居するくらいの仲か……」

「なんかいいですね、そういうの……」

湯呑《ゆのみ》の中の茶がなくなった頃、カウンターに俺達の武器が置かれる。

「点検と手入れ、終わったぞ」

簡単な手入れならカウンターの裏で話しながらやってしまう辺り腕は相当なものなんだろう。

実際メンテナンスの後は握り心地がシックリくる。

「ありがとうございます」

「また来るぜ爺さん」

「まぁ待て二人とも、今日は少し高いカステラを買ってあるんじゃ。仕事があるのは分かっておるから無理強いはできんが、もう少しゆっくりしていかんか？」

「いいんですか？」

「和菓子好きだな爺さん。俺も今度何か買ってくるか」

「勿論《もちろん》じゃ巳夜。迅もそれは楽しみだ」

「僕の分もある!?」

「ない」

「そんなぁ!?」

「嘘じゃよ。何故お主が儂の隠しておいた高級お茶パックの存在を知っておるのか知らんが、それを淹《い》れてきて貰って良いか？　無論一つずつだぞ」

「分かったー、行ってくるね！」

「全く、調子の良い奴じゃ」

皆で店の奥の爺さんの屋敷に行き、俺達はぐだぐだと最近の出来事について適当に話し合う。

ただ、それだけの思い出だ。

◇

あの時間が私は好きだった。

気楽で、平穏で、普通で、放課後の学校みたいな、閉店後の友達の飲み屋みたいな、無駄にお菓子があって長引く会議みたいな、そんな雰囲気が好きだった。

「確かに動きは変わったね」

ラディアさんにされるがままだった理由は、パワーもスピードもテクニックも全部で負けていたから。

私が魔術を使っても、ラディアさんはただの身体動作で回避して簡単に反撃してくる。

その状況を打破するには、力、速さ、技、そのいずれかで勝るしかなかった。

「でも、動きが速くなった訳でも力が増した訳でもないよね」

杖に付いた七つの宝玉のうち、私は四つを光らせることができた。

しかし、今の杖から発せられる光は一種類のみ。

翡翠色《ひすいいろ》のその魔力だけが、今の私が使うことができる唯一の属性。

「だったら、答えは一つだね」

私の首を摑もうと差し出されるその手を杖で搦《から》め捕り、ラディアさんの身体を後方へ流す。

私も合わせて体を反転させ、ラディアさんの動きを注視する。

「合気道……？ってことはやっぱり、君に芽生えたのは技だ。いやもっと言えば『見切る力』だね」

私の杖【八眷】の持つ力の名は【聚天《しゅうてん》】。

その力は端的に言ってしまえば『使用可能な術式を一つに絞ることで、その性能を激増させる』というものだ。

この杖の保有する魔術には弱点があった……

七つの魔術を扱えるという効果を持つが故に、全ての術式が完全な効果を発動しきれていないのだ。

だが真名を呼ぶことで、その性質を反転させることができる。

それがこの杖の真価……真名呼識。

痺れ縛り草《パラフレシア》と戦った時、魔術の精度が向上したのはこの力の兆しのようなものだったのだろう。

「合気道は昔、護身術として習ってたんです。でも私の技は所詮その程度ですよ」

「そうは思えないけどな」

「技の理屈。相対する生物の構造。そして相手の性格と狙い。それらを理解し応用すればこれくらいは簡単です」

「ははっ、それって多分全ての武術の【極意】だよ」

今の私が使える【聚天】は【颪域】だけ。つまりこれが私の全力。

……この力が破られれば、この話し合いは失敗で終わる。

だから私は今この時に全力で叫ぶ。

「もう一度、ラディアさんと久我さんと迅君と一緒に…………お願いだから、私達を頼って！」

「なるほどね。君が僕に立ち向かえた勇気の根拠は理解した。……本気なんだね」

「当然です」

「負けだよ。僕の負け」

「え？」

笑みが零れ、

「君を説得しようとするのはもうやめよう。君の意見は僕の意志とは絶対に一致しない」

笑みが凍った。

その手中に一振りの剣が現れ出《い　で》る。

銀河のような模様を刀身に宿らせ、一目見ただけで尋常なものではないと確信できるその剣の名を、ラディアさんは唱えた。

「――星剣アヌリント」

ラディアさんの手中に収まったその剣は、私の杖など比べるまでもない圧倒的な魔力を放出している。

魔力が空気を伝わり身体が痺《しび》れる。魔力の奔流が感覚を埋め尽くしていく。

強大で巨大かつ、隙も弱点も存在しない、完全な存在であると知らしめるような最強の剣。

「迅君からその剣のことは聞いてます」

「へぇ、なんて言っていた？」

「使われたら確実に負けるから、使わせるなと」

「それなりに正しい分析だね。じゃあ終わらせようか」

銀河の剣が天を向く。

魔力の膨張は留《とど》まるところを知らず、震え始めたその剣は解放の瞬間を待ちわびている。

あれは一振りで人を何十何百と殺すことができるような、そんなエネルギーを秘めていると一瞬で理解できた。

それでも私は逃げられない。逃げたくない。

たとえここで命を失うことになっても、私は――

「行くよ」

――絶望が、振り下ろされた。

◆

儂はきっと驚いているのだろう。

未だ世界にはこれほどの驚きが存在していたことに。

「クソが。クソが。クソが。なんで、なんで俺はこんなに弱ぇ……！」

真名呼識。武器の名を知った迅の力は驚異的な成長を見せている。

一足ごとに、一振りごとに、全ての行動に正否を抱き即座に修正する。

進化といっても差し支えない、覚醒の連続だ。

「それだけ悔しく思えるのなら、きっとお前さんはまだまだ成長するのだろう」

武器が認めるほどの心を有し、その力を引き出すこの男はもはや……小僧ではない。

「しかし、儂は止まる訳にはいかんのだ」

黒い刀を構え直す。

「ッ！　【再起晩成《RE:スタート》】！」

損傷は時が遡《さかのぼ》るように修復し、その身体を起こした迅は儂に短刀を向ける。

何度、その力を行使したか。

儂は迅を殺す気がない。しかし、一撃で殺さねばこの力は何度でも発動し続ける。

何度も気絶させようと試みている。しかし迅はその度にすんでのところで留まる。

初めて会った時からそうだった。こうだと決めたことには猪突猛進《ちょとつもうしん》。全霊をもって立ち向かう。

その精神性が、気絶を拒む。

「クイックアーツ【アクセル】！」

その軌道も、初めと比べれば目を見張るほど読み難《にく》くなった。

しかし、剣術の極意とは相手の動きを見切ることではなく、相手の思考を掌握すること。

「黒虎」

それは儂が鍛えた武器の中では、異例の効果を持つ未練の斬撃。

この剣を用いて実行された過去の技を『再現』する異能。

この刀を有していれば、儂は昔と同じ速度と巧さで剣技を扱える。

「【颯《はやて》】」

高速の対応。

相手の武器に対して最小限の衝撃を加え、斬撃の軌道をズラして回避する受けの剣技。

「【雷切】」

儂が武器を当てたことでバランスを崩した迅の背を切り裂く。

即死ではないが、十分致命傷が入った。

しかし。

「【再起晩成《RE:スタート》】……」

「何度目だ？　その力を使うのは」

「知らねぇよ」

何度も、何度でも、迅は立ち上がる。

しかし、その回数は無限とはいかない。

逆風の異能には……いや、全ての力には共通する弱点がある。

『疲労』。生物である以上、その摂理から逃れることはできはしない。

何度も斬られ、何度も蘇《よみがえ》り、アーツという技も使い、地空を駆け回り続け……

「目に見えて動きが遅くなっておるぞ。限界だな」

もう直《じき》に、その力は使えなくなる。

「確かにアンタは俺よりずっと強ぇ。けどここで諦めちまったら後悔すんのは目に見えてんだよ。

自分の弱さに情けなくなることはあってもな、弱いからって負けを認めんのは死んでも御免だ。俺は――まだ、やれる！」

限界は何度も超えている。未だ立っていることに理屈などない。

ただ、気力と気合の合作でその足が折れていないだけ。

表情も足取りも、思考にすら疲労が見える。にもかかわらず……

「【アクセル】！」

再三に亘《わた》る加速。今度のフェイントはどう来る？

壁と床を蹴り、幾つもの残像を作り出しながら翔《か》ける。それがいつもの流れだった。

しかし、この軌道はフェイントの一切がない真正面からの突撃だった。

まさか、ここに来て進歩が止まった？　いやできていたことすらできなくなって……

違う。

捨てたのだ。今培ったその技術を。それでは儂に勝てないと悟り捨てた。

何かある。絶対に。瞳は未だ活《い》きている。

「――【雷切】」

この技は、老いてから開発した儂の剣術の最高地点。

無論、相性や他の技との組み合わせ前提の部分もある。

がしかし、この技から逃げることは儂の剣術の敗北を意味する。

纏った金雷《きんらい》と共に、黒い切っ先は一文字を描く。

肉を断つ感触。それは姿勢を低くしていた迅の頸椎《けいつい》を断ち切って、丸い球を宙へ跳ね上げる。

首を斬り飛ばした。完全な即死。

じゃが、仮に首の神経が切れたとしても意識の完全な喪失には数秒の猶予がある。

振り抜いた刀を戻すのに、コンマ七秒。間に合うか？

「RE：スタート《ひふはーほ》！」

首から下に体が生える。儂は続けざまに刀を引き戻し、対応すべく向き直る。

短刀を咥《くわ》えた口が笑った。

「アタックアーツ！」

昨晩習得した……技《アーツ》か……！

ここに来て初見の技。体勢が崩れている。若さがあれば、それでも対応できた。

そんな言い訳が頭を過《よぎ》ると共に――

「【スローイング】」

遡る範囲は衣服も含まれる。迅が普段用いている投擲用のナイフが連続で四本投げ込まれ、最後には付喪の短刀までも構えていた。

短刀に赤い魔力が宿る。

迅の手より投擲され、儂の対応を超える速度に加速する。

「くっ」

一本、二本と弾くが、それ以降は間に合わん。肩に冷たさが走る。

金属が体内に侵入したことによる寒さ。

数瞬経《た》つとそれは熱さに変わった。

内側の老いから来るそれとは全く違う、外傷の痛み。

儂は己の身体より噴出する赤い飛沫と突き立った短刀を視界の端に自覚しながら、地面を蹴って迅と距離を取った。

「やるではないか……」

まさか、自身の武器すら投げ捨てるとは……

「しかし悪いが迅、やり直す力を持つのは儂も同じじゃ」

儂の魔術。異世界に渡った際、先天的《はじめから》に有していた儂の属性。

「【我が身を癒せ《ヒーリング》】」

肉が再生し、突き刺さった短刀が地面に落ちる。

それは『回復』。それは戦場で儂を最も長く戦い続けさせた魔術。

「仕切り直しじゃ、迅」

そう言って迅に『逆風』を渡そうと視線を向けた。

「どうした？」

倒れたまま動かない。完全に意識を失っている。これは……

「魔力切れ。正真正銘、一縷《いちる》の望みに賭けたのか」

違う。儂が見るべきはそこではない。

迅は最後の刹那に、幾つものものを捨てた。

首を切られた状態から復活するなど、一足遅ければ死んでもなんら不思議はない。

何度も蘇り、儂に迫る為に練度を増した『フェイント』を含める三次元移動を捨てた。

最も大切なはずの『相棒』とまで呼んだ武器を、手放した。

それは全て、儂を打倒するという成功を得る為に。

「比べて儂は……」

過ぎたことに未練ばかりを抱いている。

黒虎の特性は昔の儂の剣術の再現で。

共に戦い偉業を成し遂げた勇者の在り方にケチをつけ。

そんな大昔の考えのまま、儂は刀を握っている。

儂の人生は『殺傷』の人生だった。普通ならばあり得ないほどの人間を、魔獣を、魔族を、斬って、殺してきた。


だからなのか？　だから儂はラディアを殺そうとしているのか？

儂の最も得意なその生業《なりわい》を、唯一の解決方法と断定した。

無意識に儂は――『殺す』以外の選択肢を遠ざけていたのか？

何故？

「…………やったことのないことをやるのが、億劫《おっくう》じゃった」

するりと魂が抜けていくように、その言葉は口より漏れ出た。

「しかしこれは答えには程遠いな」

儂は間違えているのかもしれない。そのような当たり前の考えに至っただけだ。

ではどうするか？　考えろ。こんな歳になっても若者から知れることがあるのだ。

儂はまだ、考えられる。儂にはまだ進む道が、選べる程度には存在している。

「ひとまず、歩くか」

進みながら、悶々《もんもん》と答えの出ない問いを繰り返す。

身体が弱っていくのを感じて、知らず知らず楽な方を選んでいたのだろうか。

大切なものを守る為には、何かを捨てなければならない。

それができる人間だけが……挑戦をやめなかった者だけが、成功を得ることができる。

分かっていたはずだ。けれど、儂がやろうと思い立ったことといえば、立花吟の銃を造ろうとしたことや、ラディアを殺すことだ。知らず知らず、得意なものに限定していたのかもしれない。

儂は剣を捨て、鍛冶師となった。しかしそれは、敗北を悟った末の悪足掻《わるあが》きでしかなく、結果的に得たものなど自尊心程度の――

ちがう。

迅が居《お》る。巳夜が居《お》る。ユーマ達も、柳も……武器屋になったから客と出会えた。
そこから多くを学ぶことができたはずだ。
今もこうして迅は儂に悩む機会を与えてくれている。

意味はあったのだ。
過分なほど得られたものがあったから、儂は悩めているのだ。
老い先短い人生に何を悩むことがあろうかと、そう思っていた。
死ねば。殺せば。終わるのだということを知っている。
しかしそれが最良ではないことを、幾つもの悲しみを生むことを知っている。

「やぁ、道実」
目の前にラディアが居た。意識を失った巳夜を抱きかかえ、通路の脇へゆっくりと寝かせる。

「早かったね」

「約束の時間よりは随分遅れてしまったがな」

「少し考え事があったから、もう少し遅くても良かったよ」

「奇遇だな。儂ももう少し道が長ければと思っておったところじゃ」

「ねぇ道実、聞いてよ」

「あぁ」

「この子凄いんだよ。狂気的な正義感でこんな場所にまでやってきて、僕にボコボコにされながら言ったのさ」

悲しそうな瞳で、けれど失望はしていない。

そんな、矛盾に悩むような表情でラディアは巳夜との問答《たたかい》を語った。

「『道実を嫌いになった訳じゃないなら、きっと仲直りできる』って。何を言っているんだろうね、意味が分からないよね」

自分の感情を自分以上に大切に想ってくれる存在を前に、どうして良いのか分からないのだろう。

勇者は常に自分ではなく他人の為に、その一身に全人の苦難を背負ってきたのだから。

それは儂も同じだ。

迅のように、儂に感情のままぶつかってくるような相手は一人も残っていなかったのだから。

どうして良いのか分からないのも、儂も同じだ。

「それに僕の星剣を二度も避《よ》けたんだから大した強さだよ」

目を伏せ、しかし嬉しそうな声でラディアは言い終えた。

「迅は全霊を使って、いや限界すら超えて儂を止めようとした。照れ屋で頑固な迅が、儂の目を見て悲痛に叫んだのだ。儂の店での一幕が大切なのだと。どうしてそんなことで命を捨てようとするのか全く理解できん。しかし、その刃に込められた意志の強さは確かに、儂に矛を届かせるに至った」

「随分嬉しそうに言うんだね」

「お主の方こそ」

迅も巳夜も己を賭してまでここにやってきた。

儂とラディアに考えを改めさせる為に。儂とラディアの幸福を祈って。

「始めよっか。最初から全力で行くよ」

その手に星の剣が召喚される。味方の尊敬と敵の畏怖の限りを集め尽くした異世界最強の剣。

対して儂が鞘《さや》より抜くのは名すらなかった黒刀。

「アヌリント」

「くろどら」

「名前、つけたんだね。いい名前だ」

言いながら、星剣に莫大な魔力が貯蔵されていく。

星の剣は惑星の息吹を魔力に変換し、それを攻撃力に転用することができる。

魔力とは超自然的エネルギーとも呼ばれるが、自然そのものを形成するのが星だ。

その絶大な魔力は理論上、天地開闢《ビッグバン》すら成し遂げる可能性を秘めた神話の兵装であり、星からの加護《きたい》を一身に受けるその勇者は余剰魔力だけで永遠に若さを保ち続けるほど。

故に最強。それが勇者。

「世辞は要らん。掛かってこい」

「じゃあ行くよ？」

一瞬の沈黙。互いに肩の力を抜き、ゆっくりと息を吐く。

構える。

「悠然と廻《まわ》る大地の至心は、原初に輝く一縷の煌《きらめ》きへと収束し」

「封名《ぎそう》解除――器霊召喚」

儂も今の全霊をぶつけなければ、この勇者には勝てないだろう。

全盛期ですら一度も勝ったことのない星剣《あいて》。ならば勝利にはそれ以上の力が要る。

若い儂が持たず、今の儂が持つ唯一の力。それはこの刀以外にない。

黒虎には、もう一つの名が存在する。

込めた力は、儂自身の過去ではなく儂が背負うべき業の力。

この刀が殺した全ての人間の怨霊を魔力へと変換し放つ奥義。

抑え切れるか分からぬが、これ以外に勝ちの目はないだろうと最初から分かっている。

「この玉条《ぎよくじよう》は銀河《おおぞら》をも穿つ！」

振り上げられた剣より漏れ出る銀河模様の光の条は、刀身内に存在する無限空間で増幅を続け、その爆発を待ちわびる。

「お主を信じよう。征《ゆ》くぞ、我が愛刀《しょうがい》！」

我が黒刀より轟《とどろ》くは重たく響く唸《うな》り声《ごえ》。獰猛に涎を滴らせる殺気の化身は、あらゆる存在を飲み干す創獣の王である。

「――撃堕とす星《アヌ・スフィア》！」

「――黒龍《クロドラ》！」

放たれた銀河を模した宝玉のような魔力の塊は、切っ先の落下と共に落ち――

黒刀より生じた龍の顎が畝《うね》り走り、銀河色の宝玉へと大口を開け食らいつく――


激突は、激流となり、天へと昇る。


自身の顎《あぎと》を大きく超える巨大な魔力の玉に黒龍が食らいついたまま、天井へ激突した。

押し上げていく。どんどんと、どこまでも。

数十秒の時間が経ち、天井に空いた大穴から降り注いだのは吹き飛ばされそうな吹き下ろす風《ダウンバースト》だけだった。

結果として、儂とラディアの攻撃は対消滅した形となった。

「老いたね、道実」

「お主こそ、随分と失ったな」

全盛の儂ならば、ラディアが放った今の魔力量ほどなら剣技で弾けた。

だが、今の儂は黒龍の制御ができず、決めた方向に直進させることしかできなかった。

それに全力の黒龍ではなく、多少威力を制限したものしか放てなかった。

老いがくちおしい。

対して全盛のラディアならば、あの魔力の宝玉は十数倍のサイズを誇っていたことだろう。

星の剣とは星が生み出した器の名。しかし、その創成の星は『地球』ではない別の星の話だ。

束ねられる星の魔力には限界があって当然。


お互い、相当に弱くなったものだ。


「はぁ……」

溜息《ためいき》と共にラディアが床にへたり込んだ。

「でも相変わらず君は流すのは上手いね、流石剣聖サマ」

「どうした、まだ勝負はついておらぬだろう?」

「巳夜ちゃんに言われたんだ。僕が君をわざわざこの都市に連れてきたのは、君に止めて欲しいと思っているからじゃないかってね」

ラディアは、天井の大穴を見上げた。

「今のでもう疲れちゃったよ」

勇者が……どのような状況であってもその称号に恥じぬ行動をしてきたラディアが、そう呟く。

「好きにして、道実」

流し目で呟くラディアの顔は、人間離れして整っている。

「ラディア……儂は、お主の手を取らなかったことをずっと後悔していた」

「え？」

「付いていくべきだった。お主を一人にするべきではなかった。すまない……」

「何を、言っているの……？　君が僕についてくる理由なんてないよ。だからあの時の君の返事は当然の返答だった」

「儂には理由はあった。大切な友人の重荷を少しでも軽くしたいという理由があった。だから、後悔していた」

ラディアと別れた後、儂は結婚した。

功績によって手に入れた不自由のない暮らしを送り、家族を持って平穏に過ごした。

全てを勇者《ラディア》に押し付けて、儂一人だけが幸せを手に入れた。

最低だ。何食わぬ顔で親友を裏切った。

「それは違うよ。結果的にだけど、君がついてこなかったことを僕は『良かった』と思っているんだ」

「何？」

「だって、僕は何も成し遂げられていなかった。僕がいる場所では確かに戦争は止《や》むけれど、僕がいない場所では行われていたし、移動すれば再開されていた。その程度の力しか僕にはなかったんだ。だから、そんな恥ずかしいところを君に見られなくて良かったと思っている」

そんなことはない。ラディアの存在は確かに戦場の鎮静化に貢献していた。

ラディアを恐れたことで、多くの将が『目立たない作戦』を念頭に置いて戦争することになり、犠牲は大きく減った。

それは、紛れもなく英雄と呼ばれるべき偉業のはずだ。

だというのに、それでもお主は満足できぬというのか。

それが、勇者か……

「僕は何もできなくて逃げ出したけれど、僕が逃げ出したあの世界の分だけこの世界には平和と幸福を手に入れて欲しいと思っている。だから、君を殺すつもりだった」

「もう違うというのか？」

「大人の頭じゃ仕事は大切だって分かっているんだ。僕の身を切り売ってでも、僕の役割は誰かが熟《こな》さないといけないものだ。でも、僕の中にあったらしい僅かばかりの童心が、望んじゃった」

儂を見上げながら、ラディアは小さく言った。

「君を殺したくない」

「ラディア……」

「君が故郷を大切にする気持ちは分かっている。僕がやっていることは間違いなくそれを破壊する行為だってことも。だから、この勝負の決着は君の勝ちで良い。僕は、もう疲れた」

自然と足が前へと踏み出た。

「君が好きだよ、道実」

「あぁ、儂もお主を好ましく思っておる」

ラディアは少し残念そうに目を瞑った。

「……ん、そっかぁ」

儂は、その横に腰を下ろす。

「……え？　どうして君も座るの？」

「儂も疲れた」

「なんだいそれ……」

完全も完善も、この世界には存在しない。

勇者《おぬし》は、一人でも多くの人間を助けたいと願い行動した。

老人《わし》は、お主が救われればそれで良かった。

「儂とお主、どちらが正しいかを決めるなど、無粋を通り越して愚かしいことこの上ない。そう気が付いた」

本当に重要なことは、誰からも受け入れられる解を持つことではない。

自身が何を重視しているか、それを明瞭に自覚することだ。

「初志貫徹。儂は武器屋だ。これから先も武器を造り、売り続ける」

「なんで？　星剣に負けたことが悔しいから？」

「フッ、そんなどうでも良いことを気にしている訳がなかろう」

「じゃあ……なんで君は武器を造っているの……？」

そうか、知る由もないことだ。話したことなどある訳もない。

そんな、恥ずかしいことを本人に対してなど……

「隠居の為だ」

「え？　何を言っているのさ。もうとっくに隠居しているでしょ？」

「じゃから……！　お主の隠居の為じゃ……」

儂は、ラディアに勇者を辞めさせたかった。

大きな力には大きな責任が伴う……そんなものは弱者がその立場に甘んじた結果生まれた、心底他人任せで下らない考え方だ。

自分の願いは己が全力で叶えるべきだ。

故に儂は、客の願いの手助けの為に武器を打つことを決めた。

全てを誰かに押し付けることのない、偉業に挑める人間を一人でも増やす為に。

「道実……本気で言っているの？」

目を見開き、口元を押さえ、今にも涙が零れそうなその表情は……今まで見たラディアの表情の中で一番驚いていた。

「冗談でこんなことを言う訳がなかろう……」

顔を背ける儂を、ラディアが一心に見つめているのが視界の端に見えた。

あぁ、気恥ずかしい。

「ごめん……ごめんね……道実……ごめんなさぃ……」

弱々しく、たどたどしく、溢れる涙を両手で何度も拭いながら、必死にラディアは儂に謝罪を繰り返す。

「何も謝るようなことなどない」

「僕は勝手に君に失望していたんだ」

「何も悪いことではない、至極当然の反応じゃ」

「けど、君は僕の為を思ってくれていた。それに気が付かなかった僕自身が情けなくてたまらないんだよ」

大粒の涙が堰《せき》を切ったように一気に溢れた。

ボロボロと涙を流しながら、けれどその表情は笑顔に移り、ラディアは儂に素直に言う。

「……ありがとう道実。僕は、一人じゃなかったんだね」

その笑顔は儂の涙腺まで刺激してくる。

自分が情けなくてたまらないのは儂も同じだ。お主をそこまで悩ませ、悲しませた。

こんな儂が勇者を救ってやろうなどと思い上がりも甚《はなは》だしい。

儂の手が自然と動き、その頭を抱き寄せた。

「道実……?」

「儂は勇者の仲間だ。これから先も、死ぬまでずっと――」

迅と巳夜が全てを変えた。

今なら儂も勇気と確信を持って、その言葉を贈ることができる。

「──儂はお主の味方だ」

昨日までの関係のままこんなことを言っても、ラディアはきっと頷かなかっただろう。

ラディアは儂に迷惑を掛けないように、儂を頼らないように行動していた。

それは、儂が手を取らなかったあの時に全て確定していたことだ。

儂の心境もラディアの心境も、迅と巳夜が変えてくれた。

今の儂とラディアには外聞も見栄《みえ》もなく、間違いなく本音で喋っている。


「儂にお主を手伝わせてくれ」


勇者の供として、儂はその苦難を分かち合う。

迅、お前さんの言っていた意味はこれだったのか?

確かにこれが、過去に残る後悔を払拭することができる唯一の方法だったのかもしれない。

今なら分かる。確かにこの方が儂は【幸福】だ。

「君にそんな義理はないじゃないか?」

「朝食後にお主と飲むコーヒーは味が良い。それに、迅や巳夜と茶を飲む席にはお主の椅子もあるのだから、居なくなって貰っては困る」

「いいの？　僕はこの世界の人間を殺しているんだよ？」

ラディアがダンジョンを運営しているということは、儂に勇者《ラディア》の苦悩の全てを無視したという後悔を思い出させた。

後悔を払拭する為の言い訳に『人が死んでいる』という大義名分が丁度良かっただけだ。

勇者を引退させる。しかしその方法としてラディアを殺すことを諦めた儂には、最早その行いの邪魔をする理由は何も残っていない。

それに『ダンジョンを造ったことで人を殺している』というのは、儂に『お前の武器で人が死んでいるんだからお前は人殺しだ』と言われるようなものだ。

そんなこと、どうでもいい。

「儂はお主とは違うのだ……」

政治も、経済も、宗教も、間接的に多くの人間の命を奪ってきた。今も奪っている。

だが、それ以上に多くの人間を救えているからこそ、それらは存続している。

ならば、ダンジョンを造り間接的に命を奪う勇者もまた、その最奥が世界の救済に繋《つな》がっているのならば、少なくとも直接この手で命を奪ってきた儂などが文句を言える筋合いもない。

「そもそも儂は、やはり顔も知らぬ人間の死を相応にしか悲観的に受け取れぬ。他人の死など、どうでもよい」

元々この身は国の為に捨てろと言われていた命だ。

戦争に貢献し英雄視される者とは違い、儂はただ空気に呑《の》まれ命令に従う他なかっただけ。

その後異世界では、その後悔に支配されるまま自分の命だけを一番に考えていた。

そんな男が今更万民の幸福など願って動けるはずもない。

老後となった今更、ようやく大切な人間の為に何かをしたいという気持ちが湧いた。だがそれも今まで染みついたやり方で行おうとして、それが間違いであると気付かされた。

「互いにとんだ無駄骨だったな」

「いや、きっとそんなことはないよ。君の想いも、彼等の想いも、色々知ることができた。僕の考えは変わって、君の考えも定まった。向こう見ずな元勇者の戯言《たわごと》染みた思い込みかもしれないけどさ、きっとこの星は良い方向に回り出したと思うんだ」

キラキラと輝く瞳は、天に空いた穴より覗く星空を眺めていた。

「そうじゃな、儂もそう思うことにしよう」

その答えの方が些《いささ》か美的じゃ。

「それじゃあこれから僕も頑張らないとね。このダンジョンをもっと良いものにして、他のダンジョンに負けないような英雄を沢山作ってみせるよ」

他のダンジョンに負けないような……か。

それがお主の認める勇者なくしては打倒し得ない『敵』の正体なのだな。

「あぁ、ならば儂もこの先も武器を造り続けるとしよう。英雄が担うに相応しい、至高の品を目指してな」

儂とラディアは今、間違いなく同じ景色を見ている。

その事実が今は何よりも心地好《よ》かった。

年々増加していると聞く【ダンジョン】。

未だその最奥に辿《たど》り着いた者は一人も居ないと聞く。

もしも、それが何者かの悪意によって建造されたものであるなら、その解明と攻略は人類にできる唯一の自衛手段。

ラディアが言うのならば、それが世界の救済に繋がっていると信じるのに不足はなかろう。

儂は勇者の供であり、その憂いの先陣を斬り進む剣聖なのだから――

「しかし、一体何処でダンジョンを扱う技術など覚えたのだ？」

「あぁ、それね……」

異世界に居た頃でもこんな技術はオーバーテクノロジー以外の何物でもなかった。

勇者の有する魔術や星剣を使ったとしても、こんな事が容易《たやす》く為せるとは思えない。

「実はね……」

ラディアは少しだけ苦しそうに笑いながら、何とも言い難い不器用な表情を儂に向け言った。

「僕って今、ダンジョンを創造した魔族の僕《しもべ》なんだよね」

「…………は？」

「まぁその話は、また次の機会に話すとするよ」

あとがき

はじめまして、水色《みずいろ》の山葵《わさび》です。

我ながら変な名前ですね。あと自分は山葵が嫌いです。


本作『異世界帰りの武器屋ジジイ』をお手に取っていただいてありがとうございます。

本作はインターネット投稿サイトに掲載していたものを編集者さんが見てくれてお誘いいただいたことで出版が決定した話となります。

ただ、お声掛けいただいた時には六万文字弱しか文量がない状態で、その部分もかなり修正を加えたので半分以上は改めて執筆した原稿となっております。

ここだけの話、サイトのメッセージにお誘いが来ていることに全く気が付かず一週間ほど経《た》ってからお返事しました。

その一週間で投稿を止め、その連載を中断した物語の商業化の了解メールが届いた訳ですから編集者さんはかなり焦ったのではないかなと思っていたりします。

ただ自分にとって良かったのは、一巻分の文量に全く足りていなかったことで物語を見直し脈絡やストーリーを書き改められたことでしょう。

ネット連載の方を行き当たりばったりで書き始めたという訳ではないですが、やはり人気がなければ更新をやめるという意志で書いたものにお金を払っていただくのは心苦しいものがありますので、発売が決まってから内容を改めて書き切れたのは幸運でした。

それも全て、自分の物語をネット上から見つけ出してくださった担当編集者さんのおかげです。本当にありがとうございます。

イラストを担当していただいたおぐちさんにも感謝は尽きません。入っているイラストがマジで上手《うま》すぎて文章が霞《かす》む限界です。本当にありがとうございます。

そして校閲をしていただいた方、めちゃくちゃ誤字があってごめんなさい。ご指摘本当にありがとうございます。

何より本作をお手に取っていただいた読者の皆様、貴方《あなた》のおかげできっと二巻以降も出版されることでしょう。本当に感謝が尽きません。本当にありがとうございます。

それではまた皆様と自分の著書が巡り合うことを楽しみにしております。

作品のご感想、
ファンレターを
お待ちしています

・あて先・

〒141-0031　東京都品川区西五反田 8-1-5 五反田光和ビル4階
ライトノベル編集部
「水色の山葵」先生係／「おぐち」先生係

スマホ、PCからWEBアンケートにご協力ください

アンケートにご協力いただいた方には、下記スペシャルコンテンツをプレゼントします。
★本書イラストの「無料壁紙」　★毎月10名様に抽選で「図書カード（1000円分）」

公式HPもしくは左記の二次元バーコードまたはURLよりアクセスしてください。
▶ https://over-lap.co.jp/824009494
※スマートフォンとPCからのアクセスにのみ対応しております。
※サイトへのアクセスや登録時に発生する通信費等はご負担ください。

オーバーラップノベルス公式HP ▶ https://over-lap.co.jp/lnv/

異世界帰りの武器屋ジジイ 1
～元剣聖は探索者に剣を継ぐ～

発行　2024年9月25日　初版第一刷発行
著者　水色の山葵
イラスト　おぐち
発行者　永田勝治
発行所　株式会社オーバーラップ
〒141-0031
東京都品川区西五反田 8-1-5
校正・DTP　株式会社鷗来堂
印刷・製本　大日本印刷株式会社

ISBN 978-4-8240-0949-4 C0093

【オーバーラップ　カスタマーサポート】
電話　03-6219-0850
受付時間　10時～18時（土日祝日をのぞく）

OVERLAP NOVELS
とんでもスキルで異世界放浪メシ
江口連　イラスト：雅
――その男、
異世界の胃袋を鷲掴み!!
「小説家になろう」
2億PV超の
とんでも異世界
冒険譚！
重版御礼！
シリーズ好評発売中!!

第12回オーバーラップ文庫大賞
原稿募集中!
イラスト：片桐
これは、
世界を変える
魔法《ものがたり》
【賞金】
大賞…300万円
(3巻刊行確約+コミカライズ確約)
金賞……100万円
(3巻刊行確約)
銀賞………30万円
(2巻刊行確約)
佳作………10万円
【締め切り】
第1ターン 2024年6月末日
第2ターン 2024年12月末日
各ターンの締め切り後4ヶ月以内に佳作を発表。
通期で佳作に選出された作品の中から、「大賞」、
「金賞」、「銀賞」を選出します。
投稿はオンラインで！ 結果も評価シートもサイトをチェック！
https://over-lap.co.jp/bunko/award/
〈オーバーラップ文庫大賞オンライン〉
※最新情報および応募詳細については上記サイトをご覧ください。
※紙での応募受付は行っておりません。